（明）吴承恩 撰

李卓吾先生批評西遊記

第一三册

國家圖書館出版社

第一三册目録

第八十五回　心猿妬木母　魔主計吞禪……一
第八十六回　水母助威征怪物　金公施法滅妖邪……三一
第八十七回　鳳仙郡冒天止雨　孫大聖勸善施霖……五九
第八十八回　禪到玉華施法會　心猿木上授門人……八五
第八十九回　黄獅精虚設釘鈀宴　金木土計鬧豹頭山……一一一
第九十回　師獅授受同歸一　盜道纏禪静九靈……一三七
第九十一回　金平府元夜觀燈　玄英洞唐僧供狀……一六五
第九十二回　三僧大戰青龍山　四星挾捉犀牛怪……一九三

第八十五回

心猿妒木母　魔主計吞禪

話說那國王早朝。文武多官。俱執表章啓奏道。主公。望赦臣等失儀之罪。國王道。衆卿禮貌如常。有何失儀。衆卿道。主公阿不知何故。臣等一夜。把頭髮都沒了。國王執了這沒頭髮之表。下龍牀。對羣臣道。果然不知何故。朕宮中大小人等。一夜也盡沒了頭髮。君臣們都各汪汪滴淚道。從此後再不敢殺戮和尚也。王復上龍位。官各立本班。王又道。有事出班來奏。無事捲簾散朝。只見那武班中。閃出巡城總兵官。文班中走出東城兵馬使。當堦叩頭道。臣蒙聖

者巡城夜來獲得賊贓一櫃白馬一匹微臣不敢擅專請
旨定奪國王大喜道連櫃取來二臣即退至本衙點起齊
整軍餘將櫃擡出三藏在內魂不附體道徒弟們這一到
國王前如何理說行者笑道莫嚷我已打點停當了開櫃
時他就拜我們爲師哩只教八戒不要爭競長短八戒道
但只免殺就是無量之福還敢爭競哩說不了擡至朝外
入五鳳樓放在丹墀之下二臣請國王開看國王即命打
開方揭了蓋猪八戒就忍不住往外一跳諕得那多官膽
戰口不能言又見孫行者攙出唐僧沙和尚撳出行李八
戒見總兵官牽着馬走上前咄的一聲道馬是我的拿過

來唬得那官兒翻觔斗跌倒在地。四衆俱立在堦中。那國
王看見是四個和尚。忙下龍牀。宣召三宮妃后。下金鑾寶
殿。同羣臣拜問道。長老何來。三藏道。是東土大唐駕下。差
往西方天竺國大雷音寺。拜活佛。取真經的。國王道。老師
遠來。為何在這櫃裏安歇。三藏道。貧僧知陛下有愿心殺
和尚。不敢明投上國。扮俗人。夜至寶方飯店裏借宿。因怕
人識破原身。故此在櫃中安歇。不幸被賊偷出。被總兵捉
獲擡來。今得見陛下龍顏。所謂撥雲見日。望陛下赦放貧
僧。海深恩便也。國王道。老師是天朝上國高僧。朕失迎迓
朕常年有愿殺僧者。曾因僧謗了朕。朕許天愿要殺一萬

和尚做圓滿。不期今夜歸依。教朕等為僧。如今君臣后妃髮都沒了。望老師勿吝高賢。願為門下。入戒聽言。呵呵大笑道。既要拜為門徒。有何贄見之禮。國王道。師若肯從。愿將國中財寶獻上。行者道。莫說財寶。我和尚是有道之僧。你只把關文倒換了。送我們出城。保你皇圖永固。福壽長臻。那國王聽說。即着光祿寺大排筵宴。君臣同拜為師。即時倒換關文。求三藏改換國號。行者道。陛下法國之名甚好。但只滅字不好。自經我過可改號欽法國。管教你海晏河清千代勝。風調雨順萬方安。國王謝了恩。傳旨擺鑾駕。送唐僧四衆出城西去。君臣們秉善歸真。不題。卻說長老辭別了欽法國王在馬上忻然道悟空此一法甚善大有功也沙僧道哥阿是那里尋這許多整容匠連夜剃這許多頭行者把那施變化弄神通的事說了一遍師徒們都笑不合口正懽喜處忽見一座高山阻路唐僧勒馬道徒弟們你看這面前山勢崔巍切須仔細行者笑道放心放心保你無事三藏道休言無事我見那山峯挺立遠遠的有些兇氣暴雲飛出漸覺驚惶滿身麻木神思不安行者笑道你把烏巢禪師的多心經早已忘了三藏道我記得行者道你雖記得還有四句頌子你却忘了哩三藏道那四句行者道

佛在靈山莫遠求。靈山只在汝心頭。
　人人有個靈山塔　好向靈山塔下修

三藏道徒弟我豈不知若依此四句千經萬典也只是修心行者道不消說了心淨孤明獨照心存萬境皆清差錯些兒成惰懈千年萬載不成功但要一片志誠雷音只在眼下似你這般恐懼驚惶神思不安大道遠矣雷音亦遠矣且莫胡疑隨我去那長老聞言心神頓爽萬慮皆休四衆一同前進不幾步到於山上舉目看時

那山真好山細看色班班頂上雲飄蕩崖前樹影寒飛禽淅瀝走獸兇頑林內松千幹巒頭竹幾竿吼叫是蒼

狼奪食跑蹤是餓虎爭飡野猿長嘯尋鮮果麋鹿攀花上翠嵐風洒洒水潺潺時聞幽鳥語間關幾處藤蘿牽又扯滿溪瑤艸襍香蘭磷磷娙石側側峯巖狐狢成羣走猴猿作隊還行客正愁多險峻奈何古道又灣還

師徒們怯怯驚驚正行之時只聽得呼呼一陣風起三藏害怕道風起了行者道春有和風夏有薰風秋有金風冬有朔風四時皆有風風起怕怎的三藏道這風來得甚急决然不是天風行者道自古來風從地起雲自山出怎麽得個天風說不了又見一陣霧起那霧眞個是

漠漠連天暗濛濛匝地昏日色全無影鳥聲無處聞究

然如混沌、彷彿似飛塵。不見山頭樹。那逢採藥人、
三藏、一發心驚道、悟空風還未定。如何又這般霧起。行者
道。且莫忙。請師父下馬。你兄弟二人在此保守等我去看
看。是何吉凶。好大聖。把腰一躬就到半空。用手搭在眉上、
圓睜火眼。向下觀之。果見那懸巖邊坐着一個妖精你看
他怎生模樣、

炳炳紋斑多采豔昂昂雄勢甚抖擻。獠牙出口如鋼鑽、
利爪藏蹄似玉鈎。金眼圓睛禽獸怕銀鬚倒豎鬼神愁、
張狂哮吼施威猛噯霧噴風運智謀。

又見那左右手下。有三四十個小妖擺列他在那里。逼法

的噴風噯霧行者暗笑道我師父也有些兒先兆他說不是天風果然不是卻是個妖精在這里弄喧兒哩若老孫使鐵棒往下就打這叫做搗蒜打打便打殺了只是壞了老孫的名頭那行者一生豪傑再不曉得暗算計人他道我且回去照顧豬八戒照顧教他來先與這妖精見一仗若是八戒有本事打倒這妖算他一功若無手段被這妖拿去等我再去救他纔好出名他又想道八戒有些躲懶不肯出頭卻只有是些口緊好喫東西等我哄他一哄看他怎麼說即時落下雲頭到三藏前三藏問道悟空風霧處吉凶何如行者道這會卻明淨了沒甚風霧三藏道正

是覺到退下些去了行者笑道師父我常時間還看得好
這翻却看錯了我只說風霧之中恐有妖怪原來不是三
藏道是甚麼行者道前面不遠乃是一莊村村上人家好
善蒸的白米乾飯白麵饝饝齋僧哩這些霧想是那些人
家蒸籠之氣也是積善之應八戒聽說認了眞實扯過行
者悄悄的道哥哥你先喫了他的齋來的行者道喫不多
兒因那菜蔬太鹹了些不喜多喫八戒道啐憑他怎麼鹹
我也儘肚喫他一飽十分作渴便回來喫水行者道你要
喫麼八戒道正是我肚裏有些饑了先要去喫些兒不知
如何行者道兄弟莫題古書云父在子不得自專師父又

在此誰敢先去、八戒笑道、你若不言語、我就去了、行者道
我不言語、看你怎麽得去、那獃子、蠢嘴的見識偏好、走上
前唱個大喏道、師父、適纔師兄說、前村裏有人家齋僧、你
看這馬、有些要打攪人家、便要草料、却不費事哩、幸如今
風霧明淨、你們且畧坐坐、等我去尋些嫩草兒、先喂喂馬、
然後再往那家子化齋去、罷、唐僧懽喜道、好阿、你今日却
怎肯這等勤謹、快去快來、那獃子、暗暗笑着便走、行者趕
上扯住道、兄弟、他那里齋僧、只齋俊的、不齋醜的、八戒道
這等說、又要變化了、行者道、正是、你變變兒去、好獃子、他
也有三十六般變化、走到山凹裏捻着訣、念動呪語、搖身

一變變做個矮胖和尚，手裏敲個木魚，口中哼阿哼的，又不會念經，只哼的是上大人。却說那怪物收風斂霧，號令羣妖在於大路口上，擺開一個圈子陣，專等行客。這獃子晦氣，不多時撞到當中，被羣妖圍住，這個扯住衣服，那個扯着絲縧，推推擁擁，一齊下手。八戒道：不要扯，等我一家家喫將來。羣妖道：和尚，你要喫甚的？八戒道：你們這里齋僧，我來喫齋的。羣妖道：你想這里齋僧，不知我這里專要喫僧。我們都是山中得道的妖仙，專要把你們和尚拿到家裏，上蒸籠蒸熟喫哩。你到還想來喫齋。八戒聞言，心中害怕，纔報怨行者道：這個弼馬溫，其實憊懶。他哄我就是這村里齋僧這里那得村莊人家那里齋甚麼僧都原來是些妖精那獃子被他趕急了即便現出原身腰間掣釘鈀一頓亂築築退那些小妖小妖急跑去報與老怪道大王禍事了老怪道有甚禍事小妖道山前來了一個和尚且是生得乾淨我說拿家去蒸他喫若吃不了留些兒防天陰不想他會變化老妖道變化甚的模樣小妖道那里成個人相長嘴大耳朶背後又有鬃雙手輪一根釘鈀沒頭沒臉的亂築諕得我們跑回來報大王也老怪道莫怕等我去看輪着一條鐵杵走近前看時見獃子果然醜惡他生得

碓嘴初長三尺零，獠牙齒出賽銀釘，一雙圓眼光如電
兩耳搧風吻吻聲，腦後鬃長排鐵箭，渾身皮糙癩還青
手中使件蹊蹺物，九齒釘鈀個個驚
妖精硬着膽喝道，你是那里來的，叫甚名字，快早說來，饒
你性命，八戒笑道，我的兒，你是也不認得你猪祖宗哩，上
前說與你聽，
巨口獠牙神力大，玉皇陞我天蓬帥，掌管天河八萬兵
天宮快樂多自在，只因酒醉戲宮娥，那時就把英雄賣
一嘴拱倒斗牛宮，喫了王母靈芝菜，三皇親打二千鈀
把吾貶下三天界，教吾立志養元神，下方却又爲妖怪

正在高庄喜結親命低撞着孫九到金箍棒下受他降低頭纔把沙門拜背馬挑包做夯工前生少了唐僧債鐵脚天蓬本姓豬法名喚作猪八戒

那妖精聞言喝道你原來是唐僧的徒弟我一向聞得唐僧的肉好喫正要拿你哩你却撞將來我肯饒你不要走看斧八戒道孽畜你原來是個染博士出身妖精道我怎麽是染博士八戒道不是染博士怎麽會使棒槌那怪那容分說近前亂打他兩個在山凹裏這一塲好殺

九齒釘鈀一條鐵杵鈀丢解數滚狂風杵運機謀飛驟雨一個是無名惡怪阻山程一個是有罪天蓬扶性主

性、正、何、愁、經、與、魔、山、高、不、得、金、生、土、那個杵架猶如蟒
出潭這個鈀來却似龍離浦喊聲叱咤振山川吆喝雄
威驚地府兩個英雄各逞能捨身却把神通賭。
八戒長起威風與妖精厮鬪那經喝令小妖把八戒一齊
圍住不題却說行者在唐僧背後忽失聲冷笑沙僧道哥
哥冷笑何也行者道豬八戒與個獃呀聽見說齋僧就被
我哄去了這早晚還不見回來若是一頓鈀打退妖精你
看他得勝而回爭嚷功果若戰他不過被他拿去却是我
的晦氣背前面後不知罵了多少弼馬溫哩悟淨你休言
語等我去看看好大聖他不使長老知道悄悄的腦後

拔了一根毫毛。吹口仙氣。叫變。即變做本身模樣。陪着沙僧隨着長老。他的真身。出個神。跳在空中觀看。但見那獃子被妖圍繞。釘鈀勢亂。漸漸的難敵。行者忍不住。按落雲頭。厲聲高叫道。八戒不要忙。老孫來了。那獃子聽得是行者聲音。仗着勢。愈長威風。一頓鈀。向前亂築。那妖精抵敵不住。道。這和尚先前不濟。這會子怎麼又發起狠來。八戒道。我的兒不可欺負我。我家裏人來也。一發向前。沒頭沒臉築去。那妖精抵架不住。領羣妖敗陣去了。行者見妖精敗去。他就不曾近前。撥轉雲頭。徑回本處。把毫毛一抖。收上身來。長老的肉眼凡胎。那里認得。不一時。獃子得勝也自轉來累得那粘涎鼻涕白沫生生氣嘑嘑的走將來叫聲師父長老見了驚呀道八戒你去打馬草的怎麼這般狼狽回來想是山上人家有人看護不容你打草麼獃子放下鈀搥胸跌脚道師父莫要問說起來就活活羞殺人長老道爲甚麼羞來八戒道師兄捉弄我他先頭說風霧裏不是妖精沒甚兇兆是一莊村人家好善蒸白米乾飯白麵饝饝齋僧的我就當眞想着肚內饑了先去吃些兒假倚打草爲名豈知若干妖怪把我圍了苦戰了這一會若不是師兄的哭喪棒相助我也莫想得脫羅網回來也行者在傍笑道這獃子胡說你若做了賊就攀上一牢人

是我在這里看着師父何曾離側長老道是阿悟空不曾離我那獃子跳着嚷道師父你不曉得他有替身長老道悟空端的可有甚麼行者瞞不過躬身笑道是有個把小妖兒他不敢惹我們八戒你過來一發照顧你照顧我們既保師父走過險峻山路就似行軍的一般八戒道行軍便怎的行者道你做個開路將軍在前剖路那妖精不來便罷若來時你與他賭鬭打倒妖精算你的功果八戒量着那妖精手段與他差不多却說我就死在他手內也罷等我先走行者笑道這獃子先說晦氣話怎麼得長進八戒道哥哥你知道公子登筵不醉即飽壯士臨陣不死帶

傷先說句錯話兒後便有威風行者懽喜即忙拜了馬請師父騎上沙僧挑着行李相隨八戒一路入山不題却說那妖精帥幾個敗殘的小妖徑回本洞高坐在那石崖上默默無言洞中還有許多看家的小妖都上前問道大王常時出去喜喜懽懽回來今日如何煩惱老怪道小的們我往常出洞巡山不管那里的人與獸定撈幾個來家養贍汝等今日造化低撞見一個對頭小妖問是那個對頭老妖道是一個和尚乃東土唐僧取經的徒弟名喚猪八戒我被他一頓釘鈀把我築得敗下陣來好惱阿我這一向常聞得人說唐僧乃十世修行的羅漢有人喫他一塊

肉可以延壽長生不期他今日到我山裏正好拿住他裝喫不知他手下有這等徒弟說不了班部叢中閃上一個小妖對老妖哽哽咽咽哭了三聲又嘻嘻哈哈的笑了三聲老妖喝道你又哭又笑何也小妖跪下道大王纔說要喫唐僧唐僧的肉不中喫老妖道人都說喫他一塊肉可以長生不老與天同壽怎麼說他不中喫小妖道若是中喫也到不得這里別處妖精也都喫了他手下有三個徒弟哩老妖道你知是那三個小妖道他大徒弟是孫行者二徒弟是沙和尚這個是他二徒弟猪八戒老妖道沙和尚比猪八戒如何小妖道也差不多那孫行者比他如何

小妖吐舌道不敢說那孫行者神通廣大變化多端他五百年前曾大鬧天宮上方二十八宿九曜星官十二元辰五卿四相東西星斗南北二神五嶽四瀆普天神將也不曾惹得他過你怎敢要喫唐僧老妖道你怎麽曉得他這等詳細小妖道我當初在獅駝嶺獅駝洞與那大王居住那大王不知好歹要喫唐僧被孫行者使一條金箍棒打進門來可憐就打得犯了骨牌名都斷幺絕六還虧我有些兒識從後門走了來到此處蒙大王收留故此知他手段老妖聽言大驚失色這正是大將軍怕讖語他聞得自家人這等說安得不驚正都在悚懼之際又一個小妖上

前道大王莫惱莫怕常言道事從緩來若是要喫唐僧等我定個計策拿他老妖道你有何計小妖道我有個分瓣梅花計老妖道怎麼叫做分瓣梅花計小妖道如今把洞中大小群妖點將起來千中選百百中選十十中只選三個須是有能幹會變化的都變做大王的模樣頂大王之盔貫大王之甲執大王之杵三處埋伏先着一個戰豬八戒再着一個戰孫行者再着一個戰沙和尚捨着三個小妖調開他兄弟三個大王却在半空伸下拿雲手去捉這唐僧就如探囊取物就如魚水盆內捻蒼蠅有何難哉老妖聞此言滿心懽喜道此計絕妙絕妙這一去拿不得唐

僧便罷若是拿了唐僧决不輕你就封你做個前部先鋒小妖叩頭謝恩叫點妖怪卽將洞中大小妖精點起果然選出三個有能的小妖俱變做老妖各執鐵杵埋伏等待唐僧不題卻說這唐長老無慮無憂相隨八戒上大路行勾多時只見那路傍邊撲祿的一聲响喨跳出一個小妖奔向前邊要捉長老孫行者叫道八戒妖精來了何不動手那獃子不認眞假掣釘鈀赶上亂築那妖精使鐵杵就架相迎他兩個一往一來的在山坡下正然賭鬪又見那草科裏响一聲又跳出個怪來就奔唐僧行者道師父不好了八戒的眼拙放那妖精來拿你了等老孫打他去急

掣棒迎上前喝道那里去看棒那妖精更不打話舉杵來迎他兩個在草坡下一撞一冲正相持處又聽得山背後呼的風响又跳出個妖精來徑奔唐僧沙僧見了大驚道師父大哥與二哥的眼都花了把妖精放將來拿你了你坐在馬上等老沙拿他去這和尚也不分好歹即掣杖對面擋住那妖精鐵杵恨苦相持吆吆喝喝亂嚷亂鬬漸漸的調遠那老妖在半空中見唐僧獨坐馬上伸下五爪鋼鈎把唐僧一把撾住那師父丢了馬脫了凳被妖精一陣風徑攝去了可憐這正是禪性遭魔難正果江流又遇苔灾星老妖按下風頭把唐僧拿到洞內叫先鋒那定計的

小妖上前跪倒口中道不敢不敢老妖道何出此言大將軍一言旣出如白染皁當時說拿不得唐僧便罷拿了唐僧封你爲前部先鋒今日你果妙計成功豈可失信於你你可把唐僧拿來着小的們挑水刷鍋搬柴燒火把他蒸一蒸我和你都喫他一塊肉以圖延壽長生也先鋒道大王且不可喫老怪道旣拿來怎麼不可喫先鋒道大王喫了他不打緊猪八戒也做得人情沙和尚也做得人情但恐孫行者那主子刮毒他若曉得是我們喫了他也不來和我們廝打他只把那金箍棒往山腰裏一刷搠個窟窿連山都搠倒了我們安身之處也無之矣老怪道先鋒憑

你有何高見先鋒道依着我把唐僧送在後園綁在樹上兩三日不要與他飯喫一則圖他裏面乾淨二則等他三人不來門前尋找打聽得他們回去了我們郤把他拿出來自自在在的受用郤不是好老怪道道正是正是先鋒說得有理一聲號令把唐僧拿入後園一條繩綁在樹上衆小妖都去前面去聽候你看那長老苦挨着繩纏索綁緊縛牢拴止不住腮邊流淚叫道徒弟呀你們在山中擒怪甚路裏赶妖我被潑魔捉來此處受災何日相會痛殺我也正自兩淚交流只見對面樹上有人叫道長老你也進來了長老正了性道你是何人那人道我是本山中的

樵子被那山主前日拿來綁在此間今已三日矣計要喫
我吧長老滴淚道樵夫阿你死只是一身無甚掛礙我却
偏是出家人不乾淨
死得不甚乾淨樵子道長老你是個出家人上無父母下
無妻子死便死了有甚麽不乾淨長老道我本是東土往
西天取經去的奉唐朝太宗皇帝御旨拜活佛取真經要
超度那幽冥無主的孤魂今若喪了性命可不盼殺那君
王孤負那臣子那枉死城中無限的冤魂却不大失所望
永世不得超生一場功果盡化作風塵這却怎麽得乾淨
那樵子聞言眼中墮淚道長老你死也只如此我死又更
傷情我自幼失父與母鰥居更無家業止靠着打柴爲生

老母今年八十三歲只我一人奉養倘若身喪誰與他埋屍送老苦哉苦哉痛殺我也長老聞言放聲大哭道可憐可憐山人尚有思親意空教貧僧會念經事親事君皆同一理你爲親恩我爲君恩正是那流淚眼觀流淚眼斷腸人送斷腸人且不言三藏身遭困苦却說孫行者在草坡下戰退小妖急回來路傍邊不見了師父止存白馬行囊慌得他牽馬挑擔向山頭找尋咦正是那

有難的江流專遇難　降魔的大聖亦遭魔

第八十六回

水母助威征怪物　金公施法滅妖邪

話說孫大聖牽着馬挑着担滿山頭尋叫師父忽見猪八戒氣嘑嘑的跑將來道哥哥你喊怎的行者道師父不見了你可曾看見八戒道我原來只跟唐僧做和尚的你又耍弄我教做甚麽將軍我捨着命與那妖精戰了一會得命回來師父是你與沙僧看着的反來問我行者道兄弟我不怪你你不知怎麽眼花了把妖精放回來拿師父我去打那妖精教沙和尚看着師父的如今連沙和尚也不見了八戒笑道想是沙和尚帶師父那里出恭去了說不

了只見沙僧來到行者問道沙僧師父那里去了沙僧道你兩個眼都昏了把妖精放將來拿師父老沙去打那妖精的師父自家在馬上坐來行者氣得暴跳道中他計了中他計了沙僧道中他甚麼計行者道這是分瓣梅花計把我弟兄們調開他劈心裏撈了師父去了天天天卻怎麼好止不住腮邊淚滴八戒道不要哭一哭就膿包了橫竪不遠只在這座山上我們尋去來三人沒急奈何只得入山找尋行了有二十里遠近只見那懸崖之下有一座洞

削峯掩映怪石嵯峩奇花瑤艸馨香紅杏碧桃艷麗崖

前古樹，霜皮溜雨四十圍；門外蒼松，黛色參天二千尺。雙雙野鶴，常來洞口舞清風；對對山禽，每向枝頭啼白晝。簇簇黃藤如掛索，行行煙柳似垂金。方塘積水，深穴依山。方塘積水，隱窮鱗未變的蛟龍；深穴依山，住多年喫人的老怪。果然不亞神仙境，真是藏風聚氣巢。

行者見了，兩三步跳到門前看處，那石門緊閉，門上橫安著一塊石版，石版上有八箇大字，乃「隱霧山折岳連環洞」。行者道：「八戒動手阿！此間乃妖精住處，師父必在他家也。」那獃子仗勢行兇，舉釘鈀儘力築將去，把他那石頭門築了一箇大窟窿，叫道：「妖怪，快送出我師父來，免得釘鈀築

倒門、一家子都是了帳、守門的小妖急急跑入報道、大王、
闖出禍來了、老怪道、有甚禍、小妖道門前有人把門打破
嚷道、要師父哩、老怪大驚道、不知是那個尋將來也、先鋒
道莫怕、等我出去看看、那小妖奔至前門、從那打破的窟
窿處歪着頭往外張見是個長嘴大耳躱、即回頭高叫、大
王莫怕、他這個是猪八戒、没甚本事、不敢無理、他若無理
開了門、拿他進來湊蒸、怕便只怕那毛臉雷公嘴的和尚
八戒在外邊聽見道哥阿、他不怕我、只怕你哩師父定在
他家了、你快上前行者罵道潑孽畜你孫外公在這里、送
我師父出來、饒你命罷、先鋒道大王不好了、孫行者也尋

將來了。老怪。報怨道。都是你定的甚麽分瓣分瓣。却惹得禍事臨門。怎生結果。先鋒道。大王放心。且休埋怨。我記得孫行者。是個寬洪海量的猴頭。雖則他神通廣大。却好奉承。我們拿個假人頭出去。哄他一哄。奉承他幾句。只說他師父是我們吃了。若還哄得他去了。唐僧還是我們受用。哄不過再作理會。老怪道。那里得個假人頭。先鋒道。等我做一個兒看。好妖怪。將一把衠鋼刀斧。把柳樹根砍做個人頭模樣。噴上些人血。糊糊塗塗的着一個小怪。使漆盤兒拏至門下。叫道。大聖爺爺。息怒容禀。孫行者果好奉承聽見叫聲大聖爺爺。便就止住八戒。且莫動手。看他有甚話說拿盤的小怪道你師父被我大王拿進洞來洞裏小妖村頑不識好歹這個來吞那個來搶抓的抓咬的咬把你師父喫了只剩了一個頭在這裏也行者道既喫了便罷只拿出人頭來我看是真是假那小妖從門窟裏拋出那個頭來猪八戒見了就哭道可憐呵那們個師父進去弄做這們個師父出來也行者道獃子你且認認是真是假就哭八戒道不差人頭有個真假的行者道這是個假人頭八戒道怎認得是假行者道真人頭拋出來撲搭不响假人頭拋得相梆子聲你不信等我拋了你聽拿起來往下頭上一摜噹的一聲响亮沙和尚道哥哥响哩行者

道。响便是個假的。我教他現出本相來。你看。急掣金棒撲的一下打破了。八戒看時。乃是個柳樹根。獃子忍不住。罵起來道。我把你這癩毛團。你將我師父藏在洞裏。拿個柳樹根。哄你猪祖宗。莫成我師父是柳樹精變的。慌得那拿盤的小怪。戰兢兢跑去報道。難。難。難。難。難。老妖道。怎麼有許多難。小妖道。猪八戒與沙和尚到哄過了。孫行者卻是個販古董的。識貨識貨。他就認得是個假人頭。如今得個真人頭與他。或者他就去了。老怪道。怎麼得個真人頭我們那剝皮亭內。有吃不了的人頭。選一個來。衆妖即至亭內揀了個新鮮的頭。教啃淨頭皮。滑塔塔的。還使盤兒拿出叫大聖爺爺先前委是個假頭這個眞正是唐老爺的頭我大王留下鎮宅子的今特獻出來也撲通的把個人頭又從門竅裏拋出血滴滴的亂滾孫行者認得是個眞人頭沒奈何就哭八戒沙僧也一齊放聲大哭八戒噙着淚道哥哥且莫哭天氣不是好天氣恐一時弄臭了等我拿將去乘生氣埋下再哭行者道也說得是那獃子不嫌穢汚把個頭抱在懷裏跑上山崖向陽處尋了個藏風聚氣的所在取釘鈀築了一個坑把頭埋了又築起一個墳塚纔叫沙僧你與哥哥哭着等我去尋些甚麼供養供養他就走向澗邊攀幾根大柳枝拾幾塊鵝卵石回至墳

前把椰枝兒揷在左右鵞卵石堆在面前行者問道這是怎麽說八戒道這椰枝權爲松栢與師父遮遮墳頭這石子權當點心與師父供養供養行者喝道夯貨人已死了還將石子兒供他八戒道表表生人意權爲孝道心行者道且休胡弄教沙僧在此一則廬墓二則看守行李馬匹我和你去打破他的洞府拿住妖魔碎屍萬段與師父報仇去來沙和尚滴淚道大哥言之極當你兩個着意我在此處看守好八戒即脫了皂錦直裰束一束着體小衣舉鈀隨着行者二人努力向前不容分辯徑自把他石門打破喊聲振天叫道還我活唐僧來耶耶洞裏大小羣妖一

個個竄飛鬼散都報怨先鋒的不是老妖問先鋒道這些和尚打進門來却怎處治先鋒道古人說得好手插魚籃避不得鯹一不做二不休左右帥領先鋒殺那和尚去來老怪聞言無計可奈眞個傳令叫小的們各要齊心將精銳器械跟我去出征果然一齊吶喊殺出洞門這大聖與八戒急退幾步到那山塲平處抵住羣妖喝道那个是出名的頭兒那個是拿我師父的妖怪那羣怪扎下營盤將一面錦綉花旗閃一閃老怪持鐵杵應聲高叫道那潑和尚你不得惹我我乃南山大王數百年放蕩于此你唐僧已是我拿吃了你敢如何行者罵道這个大胆的毛團你

能有多少豹作紀敢稱南山二字李老君乃開天闢地之祖尚坐于大清之上佛如來治世之尊今還坐于大鵬之下孔聖人是儒教之尊亦僅呼爲夫子你這個孽畜敢稱甚麽南山大王數百年之放蕩不要走吃你外公爺的一棒那妖精側身閃過使杵抵住鉄棒睜圓眼問道你這嘴臉像個猴兒的模樣敢將許多言語壓我你有甚手段在吾門下猖狂行者咲道我把你個無名的孽畜是也不知老孫你站住硬着胆且聽我說

祖居大勝大神洲天地包含幾萬秋花果山頭仙石卵
卵開産化我根苗生來不比凡胎類聖體原從日月儔

本性自修非小可。天然頓悟大册頭。官封大聖居雲府。倚勢行兇鬭斗牛。十萬神兵難近我。滿天星宿易爲收。名揚宇宙方方曉。智貫乾坤處處留。今幸歸依從釋敎。扶持長老向西遊。逢山開路無人阻。遇水支橋有怪愁。林內施威擒虎豹。崖前復手捉獼猻。東方果正來西域。那個妖邪敢出頭。孽畜傷師眞可恨。管教時下命將休。

那妖聞言。又驚又恨。咬着牙。跳近前來。使鐵杵。望行者就打。行者輕輕的用棒架住。還要與他講話。那八戒忍不住掣鈀亂築。那怪的先鋒。先鋒帥衆齊來。這一塲在山中平地處混戰眞是好殺東土天邦上國僧，西方極樂取眞經。南山大豹噴風霧，路阻深山獨顯能。施巧計，弄乖伶，無知悟捉大唐僧。相逢行者神通廣，更遭八戒有聲名。羣妖混戰山平處，塵土紛飛天不清。那陣上，小妖呼哮鎗刀亂舉；這壁廂，神僧吒喝鉋棒齊輿。大聖英雄無敵手，悟能精壯喜神生。南山老怪部下先鋒，都爲唐僧一塊肉，致令捨死又亡生。這兩個因師性命成仇隙，那兩個爲要唐僧忒惡情。往來鬬經多半會，冲冲撞撞沒輸贏。

孫大聖見那些小妖勇猛，連打不退，卽使個分身法，把毫毛拔下一把，嚼在口中，噴出去，叫聲「變」，都變做本身模樣一個使一根金箍棒從前邊往裏打進那一二百個小妖顧前不能顧後遮左不能遮右一個個各自逃生敗走歸洞這行者與八戒從陣裏往外殺來可憐那些不識俊的妖精湯着鈀九股血出挽着棒骨肉如泥諕得那南山大王滚風生霧得命逃回那先鋒不能變化早被行者一棒打倒現出本相乃是個鐵背蒼狼怪八戒上前扯着腳翻過來看了道這廝從小兒也不知偷了人家多少猪牙子羊羔兒吃了行者將身一抖收上毫毛道獃子不可遲慢快趕老怪討師父的命去來八戒回頭就不見那些小行者道哥哥的法相兒都去了行者道我已收來也八戒道

妙阿妙阿。兩個喜喜懽懽。得勝而回。却說那老怪逃了命回洞分付小妖。搬石塊挑土。把前門堵了。那些得命的小妖。一個個戰戰兢兢的。把門都堵了。再不敢出頭。這行者引八戒赶至門首吆喝。內無人答應。八戒使鈀築時。莫想得動。行者知之道。八戒莫費氣力。他把門已堵了。八戒道。堵了門。師父怎報。行者道。且回上墓前。看看沙僧去。二人復至本處。見沙僧還哭哩。八戒越發傷悲。丟了鈀。伏在墳上手撲着土哭道。苦命的師父呵。遠鄉的師父呵。那里再得見你耶。行者道。兄弟且莫悲切。這妖精把前門堵了。一定有個後門出入。你可個只在此間等我再去尋看。八戒滴淚道哥阿仔細着莧連你也撈去了我們不好哭得哭一聲師父哭一聲師兄就要哭得亂了行者道沒事我自有手段好大聖收了棒束束裙拽開步轉過山坡忽聽得潺水响且回頭看處原來是澗中水响上溜頭中泄下來又見澗那邊有座門兒門左邊有一個出水的暗溝溝中流出紅水來他道不消講那就是後門了若要是原嘴臉恐有小妖開門看見認得等我變作個水蛇兒過去且住變水蛇恐師父的陰靈兒知道怪我出家人變蛇纏長變作個小螃蠏兒過去罷也不好恐師父怪我出家人腳多即做一個水老鼠摉的一聲攛過去從那出水的溝中鑽

宝裏面天井中、探着頭兒觀看、只見那向陽處有幾個小妖拿些人肉巴子、一塊塊的理着晒哩、行者道我的兒呵那想是師父的肉吃不了、晒乾巴子、防天陰的、我要現本相趕上前一棍子打殺、顯得我有勇無謀、且再變化進去尋那老怪、看是何如、跳出灘、搖身又一變、變做個有翅的螞蟻兒真個是

力微身小號玄駒、日久藏修有翅飛、閑渡橋邊排陣勢
喜來牀下鬪仙機、善知雨至常封穴、壘積塵多遂作灰
巧巧輕輕能爽利、幾番不覺過柴扉

他展開翅、無聲無影、一直飛在中堂、只見那老怪煩煩惱惱

惱正坐，有一個小妖，從後面跳將來報道：大王萬千之喜。老妖道：喜從何來？小妖道：我纔在後門外澗頭上探看，忽聽得有人大哭，卽跑上峯頭望望，原來是猪八戒孫行者沙和尚在那里拜墳痛哭，想是把那個人頭認做唐僧的頭葬下，堆作墳墓哭哩。行者在暗中聽說，心內懽喜道：若出此言，我師父還藏在那里，未曾吃哩。等我再去尋尋，看妖活如何，再與他說話。好大聖，飛在中堂，東張西看，見傍邊有個小門，見關得甚緊，卽從門縫見裏鑽去看時，原是個大園子，隱隱的聽得悲聲，徑飛入深處，但見一叢大樹，樹底下綁着兩個人，一个正是唐僧，行者見了心展難捷忍不住現了本相近前叫聲師父那長老認得滴着淚道悟空你來了快些救我一救行者道師父你且莫要管亭叫名字面前有人怕走了風汛你既有命我可救得你那怪只說已將你喫了拿個假人頭哄我我們與他恨苦相持師父放心且再熬熬兒等我把那妖精弄倒方好來解救大聖念聲咒語却又搖身還變做個螞蟻兒復入中堂丁在正梁之上只見那些未傷命的小妖簇簇攢攢紛紛嚷嚷內中忽跳出一個小妖告道大王他們見堵了門攻打不開死心塌地捨了唐僧將假人頭弄做個墳墓今日哭一日明日再哭一日後日復了三好道回去打聽得他

們散了呵把唐僧拿出來碎劍碎剁把些大料煎了香噴噴的大家喫一塊兒也得個延壽長生又一個小妖拍着手道莫說莫說還是蒸了喫的有味又一個說煮了吃還省柴又一個道他本是個稀奇之物還着些鹽兒醃醃喫得長久行者在那梁上聽見心中大怒道我師父與你有甚毒情這般筭計喫他即將毫毛拔了一把口中嚼碎輕輕吹出暗念咒語都教變做瞌睡蟲兒往那衆妖臉上拋去一個個鑽入鼻中小妖漸漸打盹不一時都睡倒了只有那個老妖睡不穩他兩隻手揉頭搓臉不住的打涕噴捏鼻子行者道莫是他曉得了與他個雙掭燈又拔一根

毫毛，依母兒做了，抛在他臉上，鑽于鼻孔內，兩個虱兒一個從左進，一個從右入，那老妖𨂝起來，伸伸腰，打兩個呵欠，呼呼的也睡倒了，行者暗喜，纔跳下來，現出本相，耳躲裏取棒來，幌一幌，有鴨蛋粗細，噹的一聲，把旁門打破，跑至後園，高叫師父，長老道，徒弟快來解解繩兒，綁壞我了，行者道，師父不要忙，等我打殺妖精，再來解你，急抽身跑至中堂，正舉棍要打，又嚇住手道，不好，等解了師父來打，復至園中，又思量道，等打了來救，如此者兩三番，却纔跳跳舞舞的到園裏，長老見了，悲中作喜道，猴兒想是看見我不曾傷命，所以權喜得沒是處，故這等作跳舞也，行者纔至前將繩解下挽着師父就走又聽得對面樹上綁的人叫道老爺捨大慈悲也救我一命長老立定身叫悟空那個人也解他一解行者道他是甚麼人長老道他比我先拿進一日他是個樵子說有母親年老甚是思想倒是個盡孝的一發連他解下救了行者依言也解了繩索一同帶出後門趴上石崖過了陡澗長老謝道賢徒虧你救了他與我命悟能悟靜都在何處行者道他兩個都在那里哭你哩你可叫他一聲長老果厲声高叫道八戒八戒那獃子哭得昏頭昏惱的揩揩鼻涕眼淚道沙和尚師父回家來顯魂哩在那里叫我們不是行者上前喝了一声

着可憐莫想有半個得命連洞府燒得精空却回見師父師父聽見老妖方醒声喚便教徒弟妖精醒了八戒上前一鈀把老妖築死現出本相原來是個艾葉花皮豹子精行者道花皮會吃老虎如今又會变人這頓打死纔絕了後患了長老謝之不盡攀鞍上馬那樵子道老爺向西南去不遠就是舍下請老爺到舍見見家母叩謝老爺活命之恩送爺上路長老忻然遂不騎馬即與樵子并四衆同行向西南迤邐前來不多路果見那

石徑重漫苔蘚柴門蓬絡藤花四面山光連接一林鳥雀喧譁密密松篁交翠紛紛異卉奇葩地僻雲深之處

竹籬茅舍人家，
遠見一個老嫗，倚着柴扉，眼淚汪汪的兒天兒地的痛哭。
這樵子看見自家母親，丟了長老，急忙忙先跑到柴扉前
跪下，叫道，母親，兒來也。老嫗一把扯住道，兒呵，你這幾日
不來家，我只說是山主拿你去害了性命，是我心疼難忍，
你既不曾被害，何以今日纔來，你繩担柯斧，俱在何處。樵
子叩頭道，母親，兒已被山主拿去，綁在樹上，實是難得性
命，幸虧這幾位老爺，這老爺是東土唐朝往西天取經的
羅漢，那老爺到也被山主拿去，綁在樹上，他那三位徒弟
老爺，神通廣大，把山主一頓打死，卻是個艾葉花皮

精繚衆小妖，俱盡燒死，却將那老老爺解下，救出連孩兒都解救出來，此誠天高地厚之恩，不是他們，孩兒也死無疑了。如今山上太平，孩兒徹夜行走，也無事矣，那老嫗聽言。一步一拜，拜接長老四衆，都入柴扉茅舍中坐下，娘兒兩個磕頭稱謝不盡，慌慌忙忙的，安排些素齋酬謝，八戒道，樵哥，我知你府上也寒薄，只可將就一飯，切莫費心大擺佈，樵子道，不瞞老爺說，我這山間實是寒薄，沒甚麼香蕈磨菰，川椒大料，只是幾品野菜奉獻老爺，權表寸心，八戒笑道，聒譟聒譟，放快些兒就是，我們肚中飢了，樵子道，就有就有，果然不多時，展抹桌凳，擺將上來，果是幾盤野

菜，但見那，
嫩焯黃花菜，酸虀白鼓丁，浮蔷馬齒莧，江薺鴈腸英，燕
子不來香且嫩，芽兒拳小脆還青，爛煮馬藍頭，白熝狗
脚跡，猫耳躲，野落華，灰條熟爛能中喫，剪刀股，牛塘利
倒灌窩螺操帚薺，碎米薺，莴菜薺，幾品清香又滑膩，油
炒烏英花，菱料甚可誇，蒲根菜并茭兒菜，四般近水實
清華，看麥娘，嬌且佳，破破納不穿他，苦麻臺下藩籬架
雀兒綿單，猢猻脚跡，油灼灼煎來只好喫，斜蒿青蒿抱
娘蒿，燈蛾兒飛上板蕎蕎，羊耳秃，枸杞頭，加上烏藍不
用油，幾般野菜一飡飯，樵子虔心為謝酬。

師徒們飽餐一頓，收拾起程，那樵子不敢久留，請母親出來，再拜再謝，樵子只是磕頭，取了一條棗木棍，結束了衣裙，出門相送，沙僧牽馬，八戒挑担，行者緊隨左右，長老在馬上拱手道，樵哥，煩先引路，到大路上相別，一齊登高下坂，轉澗尋坡，長老在馬上思量道，徒弟呵，

自從別主來西域，遞遞迢迢去路遥，
水水山山災不脫，妖妖怪怪命難逃，
心心只爲唐三藏，念念仍求上九霄，
碌碌勞勞何日了，幾時行滿轉唐朝，

樵子聞言道，老爺切莫憂思，這條大路，向西方不滿千里，就是天竺國極樂之鄉也，長老聞言，翻身下馬道，有勞遠

涉。既是大路。請樵哥回府。多多拜上令堂老安人。適間厚擾盛齋。貧僧無甚相謝。只是早晚誦經。保佑你母子平安。百年長壽。那樵子喏喏相辭。復回本路。師徒遂一直投西。

正是。

降怪解冤離苦厄　受恩上路用心行

畢竟不知還有幾日得到西天。且聽下回分解

第八十七回

鳳仙郡冒天止雨　孫大聖勸善施霖

大道幽深。如何消息。說破鬼神驚駭。挾藏宇宙剖判玄光。眞樂世間無賽。靈鷲峰前寶珠。拈出明映五般光彩。照乾坤上下羣生。知者壽同山海。

却說三藏師徒四衆。別樵子下了霧隱山。奔上大路。行經數日。忽見一座城池相近。三藏道。悟空。你看那前面城池可是天竺國麽。行者搖手道。不是不是。如來處雖稱極樂却沒有城池。乃是一座大山。山中有樓臺殿閣。喚做靈山大雷音寺。就到了天竺國。也不是如來住處。天竺國還不知離靈山有多少路哩。那城想是天竺之外郡。到前邊方知明白。不一時至城外。三藏下馬入到三層門裏。見那民事荒凉。街衢冷落。又到市口之間。見許多穿青衣者。左右擺列。有幾個冠帶者。立于房簷之下。他四眾順街行走。那些人更不遜避。猪八戒村愚。把長嘴掬一掬。叫道讓路讓路。那些人猛擡頭看見模樣。一個個骨軟觔麻。跌跌蹡蹡都道妖精來了。妖精來了。諕得那簷下冠帶者戰兢兢躬身問道。那方來者。三藏恐他們闖禍。一力當先。對眾道。貧僧乃東土大唐駕下。拜天竺國大雷音寺佛祖求經者。路過寶方。一則不知地名。二則未落人家。纔進城甚失迴避望列公恕罪。那官人𨚫才施禮道：此處乃天竺外郡，地名鳳仙郡。連年乾旱，郡侯差我等在此出榜，招求法師祈雨救民也。行者聞言道：你的榜文何在？衆官道：榜文在此，適間纔打掃廊簷，還未張掛。行者道：拿來我看看。衆官即將榜文展開，掛在簷下。行者四衆上前同看。榜上寫着：

大天竺國鳳仙郡郡侯上官　爲榜聘明師，招求大法事。茲因郡土寬弘，軍民殷實，連年亢旱，累歲乾荒，民田菑而軍地薄，河道淺而溝澮空。井中無水，泉底無津。富民聊以全生，窮軍難以活命。斗粟百金之價，束薪五兩之貲。十歲女易米三升，五歲男隨人帶去。城中懼法典

衣當物以存身鄉下欺公打刼喫人而顧命爲此出給
榜文仰望　十方賢哲禱雨救民恩當重報願以千金
奉謝決不虛言須至榜者
行者看罷對衆官道郡侯上官何也衆官道上官乃是他
姓此我郡侯之姓也行者笑道此姓却少八戒道哥哥不
曾讀書百家姓後有一句上官歐陽三藏道徒弟們且休
閑講那個會求雨與他求一場甘雨以濟民瘼此乃萬善
之事如不會就行莫悞了走路行者道祈雨有甚難事我
老孫翻江攪海換斗移星踢天弄井吐霧噴雲擔山赶月
喚雨呼風那一件兒不是幼年耍子的勾當何爲稀罕衆

官聽說看兩個急去郡中報道老爺萬千之喜至也那郡
侯正拈香默祝聽得報聲喜至即問何喜那官道今日領
榜方至市口張掛即有四個和尚稱是東土大唐差往天
竺國大雷音拜佛求經者見榜即道能祈甘雨特來報知
那郡侯即整衣步行不用轎馬多人徑至市口以禮敬請
忽有人報道郡侯老爺來了衆人閃過那郡侯一見唐僧
不怕他徒弟醜惡當街心倒身下拜道下官乃鳳仙郡郡
侯上官氏熏沐拜請老師祈雨救民望師大捨慈悲運神
功拔濟拔濟三藏答禮道此間不是講話處待貧僧到那
寺觀却好行事郡侯道老師同到小衙自有潔淨之處師

徒們遂牽馬挑擔徑至府中。一一相見郡侯即命看茶擺齋少傾齋至。那八戒雄量吞飡如同餓虎諕得那些捧盤的心驚膽戰。一往一來。添湯添飯就如走馬燈兒一般剛剛供上直喫得飽滿方休。齋畢。唐僧謝了齋。却問郡侯大人貴處乾旱幾時了。郡侯道。

敝地大邦天竺國。鳳仙外郡吾司牧。一連三載遇乾荒
草子不生絕五穀大小人家買賣難十門九戸俱啼哭
三停餓死二停人。一停還似風中燭。下官出榜遍求賢
幸遇眞僧來我國。若施寸雨濟黎民願奉千金酬厚德

行者聽說。滿面喜生呵呵的笑道莫說莫說若說千金爲

謝半點甘雨全無但論積功累德老孫送你一場大雨那郡侯原來十分清正賢良愛民心重即請行者上坐低頭下拜道老師果捨慈悲下官必不敢悖德行者道且莫講話請起但煩你好生看着我師父等老孫行事沙僧道哥哥怎麽行事行者道你和八戒過來就在他這堂下隨着我做個羽翼等老孫喚龍來行雨八戒沙僧謹依使令三個人都在堂下郡侯焚香禮拜三藏坐着念經行者念動真言誦動咒語即時見正東上一朵烏雲漸漸落至堂前乃是東海老龍王敖廣那敖廣收了雲脚化作人形走向前對行者躬身施禮道大聖喚小龍來那方使用行者道

請起累你遠來別無甚事此間乃鳳仙郡連年乾旱問你
如何不來下雨老龍道啓上大聖得知我雖能行雨乃上
天遣用之輩上天不差豈敢擅自來此行雨行者道我因
路過此方見久旱民苦特着你來此施雨救濟如何推托
龍王道安敢推托但大聖念真言呼喚不敢不來一則未
奉上天御旨二則未曾帶得行雨神將怎麽動得雨部大
聖既有拯濟之心容小龍回海點兵煩大聖到天宮奏准
請一道降雨的聖旨請水官放出龍來我却好照旨意數
目下雨行者見他說出理來只得發放老龍回海他即跳
出罡斗對唐僧備言龍王之事唐僧道既然如此你去爲

之切莫打誑語行者即分付八戒沙僧保着師父我上天宮去也好大聖說聲去寂然不見那郡侯膽戰心驚道孫老爺那里去了八戒笑道駕雲上天去了郡侯十分恭敬傳出飛報教滿城大街小巷不拘公卿士庶軍民人等家家供養龍王牌位門設清水缸缸插楊柳枝侍奉香火拜天不題却說行者一路觔斗雲徑到西天門外早見護國天王引天丁力士上前迎接道大聖取經之事完乎行者道也差不遠矣今行到天竺國界有一外郡名鳳仙郡彼處三年不雨民甚艱苦老孫欲喚雨拯救呼得龍王到彼他言無旨不敢私自爲之特來朝見玉帝請旨天王道那

壁廂敢是不該下雨哩。我向時聞得說那郡侯撒潑冒犯天地，上帝見罪，立有米山、麵山、黃金大鎖，直等此三事倒斷，纔該下雨。行者不知此意是何，要見玉帝。天王不敢攔阻，讓他進去，徑至通明殿外，又見四大天師迎道：大聖到此何幹？行者道：因保唐僧路至天竺國界，鳳仙郡無雨，郡侯召師祈雨，老孫呼得龍王，意命降雨，他說未奉玉帝旨意，不敢擅行，特來求旨，以甦民困。四大天師道：那方不該下雨。行者笑道：該與不該，煩為引奏引奏，看老孫的人情何如。葛仙翁道：俗語云，蒼蠅包網兒，好大面皮。許旌陽道：不要亂談，且只帶他進去。丘洪濟、張道齡與葛、許四真人引至靈霄殿下啓道萬歲有孫悟空路至天竺國鳳仙郡欲與求雨特來請旨玉帝道那廝三年前十二月二十五日朕出即監觀萬天浮遊三界駕至他方見那上官正不仁將齋天素供推倒喂狗口出穢言造有冒犯之罪朕即立以三事在于披香殿內汝等引孫悟空去看若三事倒斷即降旨與他如不倒斷且休管閑事四天師即引行者至披香殿內看時見有一座米山約有十丈高下一座麵山約有二十丈高下米山邊有一隻拳大之雞在那里緊一嘴慢一嘴嗛那米山麵山邊有一隻金毛哈巴狗兒在那里長一舌短一舌餂那麵吃左邊懸一座鐵架子架上

掛一把金鎖約有一尺三四寸長鎖梃有指頭麤細下面有一盞明燈燈燄燎着那鎖梃行者不知其意回頭問天師曰此何意也天師道那廝觸犯了上天玉帝立此三事直等雞嗛了米盡犬餂得麪盡燈燄燎斷鎖梃那方纔該下雨哩行者聞言大驚失色再不敢啓奏走出殿滿面含羞四天師笑道大聖不必煩惱這事只宜作善可解若有一念善慈驚動上天那米麪山即時就倒鎖梃即時就斷你去勸他歸善福自來矣行者依言不上靈霄辭玉帝徑來下界覆凡夫須臾到西天門又見護國天王天王道請旨如何行者將米山麪山金鎖之事說了一遍道果

依你言，不肯傳言，適間天師送我教勸那厮歸善，即福原也。遂相别降雲下界，那郡侯同三藏、八戒、沙僧、大小官員人等，接着，都簇簇攢攢來問。行者將郡侯喝了一聲道：只因你這厮三年前十二月二十五日，冒犯了天地，致令黎民有難，如今不肯降雨。慌得郡侯跪伏在地道：老師如何得知三年前事？行者道：你把那齋天的素供，怎麽推倒喂狗？可實實說來。那郡侯不敢隱瞞道：三年前十二月二十五日，獻供齋天，在於本衙之内，因妻不賢，惡言相鬬，一時怒發無知，推倒供桌，潑了素饌，果是喚狗來喫了。這兩年憶念在心，神思恍惚，無處可以解釋。不知上天見罪，遺害

黎民今遇老師降臨。萬望明示。上界怎麼樣計較。行者道
那一日正是玉皇下界之日。見你將齋供喂狗。又口出穢
言。玉帝卽立三事記汝。八戒問道是甚三事。行者道披香
殿立一座米山。約有十丈高下。一座麵山。約有二十丈高。
下。米山邊有拳大的一隻小雞。在那里緊一嘴慢一嘴的
嗛那米喫。麵山邊有一個金毛哈巴狗兒在那里長一舌
短一舌的餂那麵喫。左邊又一座鐵架子。架上掛一把黃
金大鎖。鎖梃兒有指頭麤細。下面有一盞明燈。燈燄兒燎
着那鎖梃。直等那雞嗛米盡。狗餂麵盡。燈燎斷鎖梃。他這
里方纔該下雨哩。八戒笑道不打緊不打緊。哥哥肯帶我

去變出法身來，一頓把他的米麵都喫了，鎖梃弄斷了，管取下雨，行者道，獃子莫胡說，此乃上天所設之計，你怎麼得見，三藏道，似這等說，怎生是好，行者道，不難不難，我臨行時，四天師曾對我言，但只作善可解，那郡侯拜伏在地哀告道，但憑老師指教，下官一一歸依也，行者道，你若回心向善，趁早念佛看經，我還替你爲作，汝若仍前不改，我亦不能解釋，不久天即誅之，性命不能保矣，那郡侯磕頭禮拜，誓願歸依，當時召請本處僧道，啓建道場，各各寫發文書申奏三天，郡侯領衆拈香瞻拜，答天謝地，引罪自責，三藏也與他念經，一壁廂又出飛報，教城裏城外，大家小

戸不論男女人等，都要燒香念佛，自此時一片善聲盈耳
行者却纔懽喜，對八戒沙僧道，你兩個好生護持師父等
老孫再與他去去來，八戒道哥哥又往那里去行者道這
郡侯聽信老孫之言，果然受教恭敬善慈誠心念佛我這
去再奏玉帝，求些，雨來沙僧道哥哥既要去不必遲疑且
擔閣我們行路，必求雨一壇庶成我們之正果也好大聖
一縱雲頭，直至天門外，又遇着護國天王天王道你今又
來做甚，行者道，那郡侯已歸善矣，天王亦喜，正說處早見
直符使者，捧定了道家文書僧家關牒到天門外傳遞那
符使見了行者施禮道此意乃大聖勸善之功，行者道你

將此文牒送去何處符使道直送至通明殿上與天師傳
遞到玉皇大天尊前行者道如此你先行我當隨後而去
那符使入天門去了護國天王道大聖不消見玉帝了你
只往九天應元府下借點雷神徑自聲雷掣電還他就有
雨下也真個行者依言入天門裏不上靈霄殿求請旨意
轉雲步徑往九天應元府見那雷門使者糾錄典者廉訪
典者都來迎着施禮道大聖何來行者道有事要見天尊
三使者即爲傳奏天尊隨下九鳳丹霞之扆整衣出迎相
見禮畢行者道有一事特來奉求天尊道何事行者道我
因保唐僧至鳳仙郡見那乾旱之甚已許他求雨特來告

借貴部官將到彼聲雷。天尊道。我知那郡侯冒犯上天。立有三事。不知可該下雨哩。行者笑道。我昨日已見玉帝請旨。玉帝着天師引我去披香殿看那三事。乃是米山。麵山。金鎖。只要三事倒斷。方該下雨。我愁難得倒斷。天師教我勸化郡侯等衆作善。以爲人有善念。天必從之。庶幾可以回天心。解災難也。今已善念頓生。善聲盈耳。適間執符者。已將改行從善的文牒。奏上玉帝去了。老孫因特造尊府。告借雷部官將相助相助。天尊道。既如此。差鄧辛張陶帥領閃電娘子。即隨大聖下降鳳仙郡聲雷。那四將同大聖不多時至于鳳仙境界。即于半空中作起法來。只聽得

吻噸噸的雷聲，又見那淅瀝瀝的閃電，真個是

電掣紫金蛇，雷轟羣蟄開，熒煌飛火光，霹靂崩山洞，列缺滿天明，震驚連地縱，紅銷一閃發萌芽，萬里江山都撼動。

那鳳仙城裏城外大小官員軍民人等，整三年不曾聽見雷電，今日見有雷聲燿閃，一齊跪下，頭頂着香爐，有的手拈着柳枝，都念南無阿彌陀佛，南無阿彌陀佛。這一聲善

如今念

一聲佛求天者極多

念，果然驚動上天。正是那古詩云：

人心生一念，天地悉皆知。善惡若無報，乾坤必有私。

且不說孫大聖指揮雷將，掣電轟雷于鳳仙郡，人人歸善

却說那上界執符使者將僧道兩家的文牒送至通明殿四天師傳奏靈霄殿玉帝見了道那廝們既有善念看三事如何正說處忽有披香殿看管的將官報道所立米麪山俱倒了霎時間米麪皆無鎖梃亦斷奏未畢又有[illegible]天官引鳳仙郡土地城隍社令等神齊來拜奏道本郡郡主並滿城大小黎庶之家無一家一人不歸依善果禮佛敬天今啓垂慈普降甘雨救濟黎民玉帝聞言大喜卽傳旨着風部雲部雨部各遵號令去下方按鳳仙郡界卽于今日今時聲雷佈雲降雨三尺零四十二點時有四大天師奉旨傳與各部隨時下界各逞神威一齊振作行者正

[illegible]鄧辛張陶令閃電娘子在空中調弄只見衆神都到合會一天那其間風雲際會甘雨滂沱好雨

漠漠濃雲濛濛黑霧雷車轟轟閃電灼灼滚滚狂風淙淙驟雨所謂一念回天萬民滿望全虧大聖施元運萬里江山處處陰好雨傾河倒海蔽埜迷空簷前垂瀑布牕外響玲瓏萬戶千門人念佛六街三市水流洪東西河道條條滿南北溪灣處處通槁苗得潤枯木回生田疇麻麥盛村堡荳糧升客旅喜通販賣農夫愛爾耘耕從今黍稷多條暢自然稼穡得豐登風調雨順民安樂海晏河清享太平

一日雨下足了三尺零四十二點衆神祇漸漸收回孫大聖厲聲高叫道那四部衆神且暫停雲從待老孫去叫郡侯拜謝列位列位可撥開雲霧各現真身與這凡夫親眼看看他纔信心供奉也衆神聽說只得都停在空中這行者按落雲頭徑至郡裏早見三藏八戒沙僧都來迎接那郡侯一步一拜來謝行者道且慢謝我我已留住四部神祇你可傳召多人同此拜謝教他向後好來降雨郡侯隨傳飛報召衆同酧都一個個拈香朝拜只見那四部神祇開明雲霧各現真身四部者乃雨部雷部雲部風部只見那

龍王顯像，雷將舒身，雲童出現，風伯垂真。龍王顯像，銀鬚蒼貌世無雙；雷將舒身，鉤嘴威顏誠莫比；雲童出現，誰如玉面金冠；風伯垂真，曾似燥眉環眼。齊齊顯露青霄上，各各挨排現聖儀。鳳仙郡界人纔信，頂禮拈香惡性回。今日仰朝天上將，洗心向善盡歸依。

衆神祇寧待了一個時辰，人民拜之不已。孫行者又起在雲端，對衆作禮道：「有勞，有勞！請列位各歸本部。老孫還教郡界中人家供養高真，遇時節醮謝。列位從此後五日一風，十日一雨，選來拯救拯救。」衆神依言，各各轉部不題。却說大聖墜落雲頭，與三藏道：「事畢民安，可收拾走路矣。」那

郡侯聞言急忙行禮道孫老爺說那里話今此一場乃無
量無邊之恩德下官這里差人辦備小宴奉答厚恩仍買
治民間田地與老爺起建寺院立老爺生祠勒碑刻名四
時享祀雖刻骨鏤心難報萬一怎麽就說走路的話三藏
道大人之言雖當但我等乃西方掛搭行脚之僧不敢久
住一二日間定走無疑那郡侯那里肯放連夜差多人治
辦酒席起蓋祠宇次日大開佳宴請唐僧高坐孫大聖與
八戒沙僧列坐郡侯同本郡大小官員部臣把盃獻饌細
吹細打款待了一日這場果是忻然有詩爲証
田疇久旱逢甘雨河道經商處處通深感神僧來郡界

多蒙大聖上天宮解除三事從前惡。一念歸依善果弘
此後願如堯舜世。五風十雨萬年豐。
一日筵。二日宴。今日酬。明日謝。將有半月。只等寺院
生祠完備。一日郡侯請四眾往觀。唐僧驚訝道。功程浩大
何成之如此速耶。郡侯道。下官催趲人工。晝夜不息。急急
命完。特請列位老爺看看。行者笑道。果是賢才能幹的好
賢侯也。即時都到新寺。見那殿閣巍峩。山門壯麗。俱稱讚
不已。行者請師父留一寺名。三藏道。有。留名當喚做甘霖
普濟寺。郡侯稱道。甚好甚好。用金貼廣招僧眾。侍奉香火
殿左邊立起四眾生祠。每年四時祭祀。又起蓋雷神龍神

等廟以答神功看畢卽命趲行那一郡人民如父留不住各備贐儀分文不受因此合郡官員人等盛張鼓樂大展旌幢送有三十里遠近猶不忍別遂掩淚目送直至望不見方回這正是

碩德神僧留普濟　齊天大聖廣施恩

畢竟不知此去還有幾日方見如來且聽下回分解

總批

米山麵山處亦可提醒不敬天地愚人○太守一念惡則不雨太守一念善則雨百姓死活全在太守手裏寄語天下太守也要知他百姓死活方好

第八十八回

禪到玉華施法會　心猿木土授門人

話說唐僧喜喜歡歡別了郡侯在馬上向行者道賢徒這一場善果真勝似比丘國搭救兒童[illegible]奇也沙僧道比丘國只救得一千一百一箇小兒怎似這場大雨滂沱浸潤活勾者萬萬千千性命弟子也暗自稱讚大師兄的法力通天慈恩蓋地也八戒笑道哥的恩也有善也有却只是外施仁義內包禍心但與老猪走就要作賊人行者道我在那里作賊你八戒道也勾了也勾了常照顧我綑照顧我吊照顧我煮照顧我蒸今在鳳仙郡施了恩惠與

萬萬之人就該住上半年帶挈我喫幾頓自在飽飯却只管催促行路長老聞言喝道這個獃子怎麼只思量擄嘴快走路再莫鬬口八戒不敢言掬掬嘴挑着行囊打着哈哈師徒們奔上大路此時光景如梭又值深秋之候但見

水痕收山骨瘦紅葉紛飛黃花時候霜晴覺夜長月白穿牕透家家煙火夕陽多處處湖光寒水溜白蘋香紅蓼茂橘綠橙黃柳篩穀秀荒村鴈落碎蘆花埜店雞聲收菽荳

四衆行勾多時又見城垣影影長老舉鞭遙指道悟空你看那里又有一座城池却不知是甚去處行者道你我俱

未曾到何以知之且行至前邊問人說不了忽見樹叢裏走出一個老者手持竹杖身着輕衣足踏一對棕鞋腰束一條扁帶慌得唐僧滾鞍下馬上前道個問訊那老者扶杖還禮道長老那方來的唐僧合掌道貧僧東土唐朝差往雷音拜佛求經者今至寶方遙望城垣不知是甚去處特問老施主指教那老者聞言口稱有道禪師我這敝處乃天竺國下郡地名玉華縣縣中城主就是天竺皇帝之宗室封為玉華王此王甚賢專敬僧道重愛黎民老禪師若去相見必有重敬三藏謝了那老者徑穿樹林而去三藏纔轉身對徒弟備言前事他三人忻喜扶師父上馬三

藏道沒多路不須乘馬四衆遂步至城邊街道觀看原來那關廂人家做買做賣的人煙湊集生意亦甚茂盛觀其聲音相貌與中華無異三藏分付徒弟們謹慎切不可放肆那八戒低了頭沙僧掩着臉惟孫行者攙着師父兩邊人都來爭看齊聲叫道我這里只有降龍伏虎的高僧不曾見降猪伏猴的和尚八戒忍不住把嘴一掬道你們可曾看見降猪王的和尚諕得滿街上人跌跌蹡蹡都往兩邊閃過行者笑道獃子快藏了嘴莫粧粉仔細脚下過橋那獃子低着頭只是笑過了吊橋入城門內又見那大街上酒樓歌舘熱閙繁華果然是神州都邑有詩爲証

錦城鐵瓮萬年堅臨水依山色色鮮百貨通湖船入
千家沽酒店垂帘樓臺處處人煙廣巷陌朝朝客賈喧
不亞長安風景好雞鳴犬吠亦般般
三藏心中暗喜道人言西域諸番更不曾到此細觀此景
與我大唐何異所爲極樂世界誠此之謂也又聽得人說
白米四錢一石麻油八釐一觔真是五穀豐登之處行不
多時方到玉華國府府門左右有長史府審理廳典膳所
待客館三藏道徒弟此間是府等我進去朝王驗牒而行
八戒道師父進去我們可好在衙門前站立三藏道你不
看這門上是待客館三字你們都去那里坐下看有草料

買些、喂馬我見了王倘或賜齋便來喚你等同享行者道師父放心前去老孫自當理會那沙僧把行李挑至館中館中有看館的人役見他們面貌醜陋也不敢問他也不敢教他出去只得讓他坐下不題却說老師父換了衣帽拿了関文徑至王府前早見引禮官迎着問道長老何來三藏道東土大唐差亦大雷音拜佛祖求經之僧今到貴地欲倒換関文特來朝參千歲引禮官即爲傳奏那王子果然賢達即傳旨召進三藏至殿下施禮王子即請上殿賜坐。三藏將関文獻上王子看了見有各國印信手押也就忻然將寶印了押了花字收摺在案問道國師長老自你那大唐至此歷遍諸邦共有幾多路程三藏道貧僧也未記程途但先年蒙觀音菩薩在我王御前顯身曾留下頌子言西方十萬八千里貧僧在路已經過一十四遍寒暑矣王子笑道十四遍寒暑即十四年了想是途中有甚躭閣三藏道一言難盡萬蟄生魔也不知受了多少苦楚纔到得寶方那王子十分懽喜即着典膳官備素齋管待三藏起身啓道貧僧有三個小徒在外等候不敢領齋但恐違悞行程王子教當殿官快去請長老三位徒弟進府同齋當殿官隨出外相請都道未曾見未曾見有跟隨的人道待客館中坐着三個醜貌和尚想必是也當殿官同

衆至館中卽問看館的道那個是大唐取經僧的高徒我王有旨請喫齋也八戒正坐打盹聽見一個齋字忍不住跳起身來答道我們是我們是當殿官一見了魂飛魄喪都戰戰的道是個猪魈猪魈行者聽見一把扯住八戒道兄弟放斯文些莫撒村埜那衆官見了行者又道是個猴精猴精沙僧拱手道列位休得驚恐我三人都是唐僧的徒弟衆官見了又道竈君竈君孫行者卽教八戒牽馬沙僧挑擔同衆入玉華王府當殿官先入啓知那王子舉目見那等醜惡却也心中害怕三藏合掌道千歲放心頑徒雖是貌醜却都心良八戒朝上唱個諾道貧僧問訊了王

子愈覺心驚三藏道頑徒都是山野中收來的不會行禮萬望赦罪王子奈着驚恐教典膳官請衆僧去暴紗亭喫齋三藏謝了恩辭王下殿同至亭內埋怨八戒道你這夯貨全不知一毫禮體索性不開口便也罷了怎麽那般悪說一句話足足衝倒泰山行者笑道還是我不唱喏的好也省些力氣沙僧道他唱喏又不等齊預先就抒着個嘴吆喝八戒道活淘氣活淘氣師父前日教我見人打個問訊見是禮今日行問訊又說不好教我怎的幹麽三藏道我教你見了人打個問訊不曾教你見王子就此歪纏常言道物有幾等物人有幾等人如何不分個貴賤正說處

那典膳官帶領人役調開桌椅擺上齋來師徒們盡不言
語各各喫齋卻說那王子退殿進宮宮中有三個小王子
見他面容改色即問道父王今日為何有此驚恐王子道
適纔有東土大唐差來拜佛取經的一個和尚倒換關文
卻一表非凡我留他喫齋他說有徒弟在府前我即命請
少時進來見我不行大禮打個問訊我已不快及擡頭看
時一個個醜似妖魔心中不覺驚駭故此面容改色原來
那三個小王子比眾不同一個個好武行強便就伸拳擄
袖道莫敢是那山裏走來的妖精假粧人像待我們拿兵
器出去看來好王子大的個拿一條齊眉棍第二個輪一

把九齒鈀，第三個使一根烏油黑棒子，雄糾糾，氣昂昂的走出王府，吆喝道甚麼取經的和尚，在那里，時有典膳官員人等跪下道，小主他們在這暴紗亭喫齋哩，小王子不分好歹，闖將進去，喝道汝等是人是妖，快早說來，饒你性命，諕得三藏面容失色，丟下飯碗，躬着身道，貧僧乃唐朝來取經者，人也，非妖也，小王子道，你便還像個人，那三個醜的，斷然是妖，八戒只管喫飯不采，沙僧與行者欠身道我等俱是人，面雖醜而心良，身雖夯而性善汝三個却是何來，却恁樣海口輕狂，傍有典膳等官道，三位是我王之子，小殿下，八戒丟了碗道，小殿下，各拿兵器怎麼，莫是要與我們打哩。二王子掣開步。雙手舞鈀。便要打八戒。八戒嘻嘻笑道。你那鈀。只好與我這鈀做孫子罷了。即揭衣腰間取出鈀來。幌一幌。金光萬道。丢了解數。有瑞氣千條。把個王子諕得手軟觔麻。不敢舞弄。行者見大的個使一條齊眉棍。跳阿跳的。即耳躲裏取出金箍棒來。幌一幌。碗來麤細。有丈二三長短。着地下一搗。搗了有三尺深。一歪在那里。笑道。我把這棍子送你罷。那王子聽言。即丢了自巳棍。去取那棍。雙手儘氣力一拔。莫想得動分毫。再又端一端。搖一搖。就如生根一般。第三個撒起莽性。使烏油棒。便來打。被沙僧一手劈開。取出降妖寶杖。撚一撚。艶艶光生

紛紛霞亮諕得那典膳等官一個個呆呆掙掙口不能言
三個小王子一齊下拜道神師神師我等凡人不識萬望
施展一番我等好拜授也行者走近前輕輕的把棒拿將
起來道這里窄狹不好展手等我跳在空中耍一路兒你
們看看好大聖唿哨一聲將觔斗一縱兩隻脚踏着五色
祥雲起在半空離地約有三百步高下把金箍棒丟開個
撒花蓋頂黃龍轉身一上一下左旋右轉起初時人與棒
似錦上添花次後來不見人只見一天棒滚八戒在底下
喝聲采也忍不住手脚厲聲喊道等老猪也去耍耍來好
獃子駕起風頭也到半空丟開鈀上三下四左五右六前

七後人、滿身解數、只聽得呼呼風响、正使到熱閙處、沙僧對長老道、師父、也等老沙去操演操演、好和尚、雙着脚下跳輪着杖、也起在空中、只見那銳氣氤氳、金光縹緲、雙手使降妖杖、丢一個丹鳳朝陽、餓虎扑食、緊迎慢擋、叩轉忙攛、弟兄三個、大展神通、都在那半空中、一齊揚威耀武、這纔是

真禪景象不凡同、大道緣由滿太空、金木施威盈法界、刀圭展轉合圓通、神兵精鋭隨時顯、丹器花生到處崇、天竺雖高還戒性、玉華王子總歸中、

諕得那三個小王子、跪在塵埃、暴紗亭大小人員、並王府

裏老王子滿城中軍民男女僧尼道俗一應人等家家念佛磕頭戶戶拈香禮拜果然是

見像歸真度衆僧人間作福享清平從今果正菩提路盡是叅禪拜佛人

他三個各逞雄才使了一路按下祥雲把三個收了到唐僧面前問訊謝了師恩各各坐下不題那兵器小王子急回宮裏告奏老王道父王萬千之喜今有莫大之功也適纔可曾看見半空中舞弄麼老王道我纔見半空霞彩就於宮院內同你母親等衆焚香啓拜更不知是那里神仙降聚也小王子道不是那里神仙就是那取經僧三個醜

徒弟一個使金箍鐵棒一個使九齒釘鈀一個使降妖寶
杖把我三個的兵器比的通沒有分毫我們教他使一路
他嫌地土窄狹不好施展等我起在空中使一路你看他
就各駕雲頭滿空中祥雲縹緲瑞氣氤氳纔然落下都坐
在暴紗亭裏做兒的十分懽喜欲要拜他爲師學他手段
保護我邦此誠莫大之功不知父王以爲何如老王聞言
信心從願當時父子四人不擺駕不張蓋步行到暴紗亭
他四衆收拾行李欲進府謝齋辭王起行偶見王華王父
子上亭來倒身下拜慌得長老舒身撲地行禮行者等閃
過傍邊微微冷笑衆拜畢請四衆進府堂上坐四衆忻然

而入老王起身道唐老師父孫有一事奉求不知三位高徒可能容否三藏道但憑千歲分付小徒不敢不從老王道孤先見列位時只以爲唐朝遠來行脚僧其實肉眼凡胎多致輕褻適見老師三位高徒起舞在空方知是仙是佛孤三個犬子一生好弄武藝今謹發虔心欲拜爲門徒學些武藝萬望老師開天地之心普運慈舟傳度小兒必以傾城之資奉謝行者聞言忍不住呵呵笑道你這殿下好不會事我等出家人巴不得要傳幾個徒弟你令郎既有從善之心切不可說起分毫之利但只以情相處足爲愛也王子聽言十分懽喜隨命大排筵宴就在本府正堂

擺列。噫，一聲吉意，即刻俱完。但見那

結綵飄飄，香煙馥郁。戧金桌子掛絞綃，幌人眼目；綵漆椅兒鋪錦繡，添座風光。樹果新鮮，茶湯香噴。三五道閑食清甜，一兩餐饅頭豐潔。蒸酥蜜煎更奇哉，油劄糖澆真美矣。有幾瓶香糯素酒，斟出來賽過瓊漿；獻幾番陽羨仙茶，捧到手香欺丹桂。般般品品皆齊備，色色行行盡出奇。

一壁廂叫承應的歌舞吹彈，撮弄演戲。他師徒們並王、父子盡樂一日。不覺天晚，散了酒席，又叫即在暴紗亭鋪設床幃，請師安宿，待明早竭誠焚香，再拜求傳武藝。衆皆聽

從師備香湯請師沐浴衆却歸寢

衆鳥高棲萬籟沉詩人下榻罷哦吟銀河光顯天彌亮
野徑荒凉草更深砧杵叮咚敲別院關山杳窎動鄉心
寒蛩聲朗知人意嚦嚦牀頭破夢魂

一宵晚景已過明早那老王父子又來相見這長老昨日相見還是王禮今日就行師禮那三個小王子對行者八戒沙僧當面叩頭拜問道尊師之兵器還借出與弟子們看看八戒聞言忻然取出釘鈀抛在地下沙僧將寶杖抛出倚在牆邊二王子與三王子跳起去便拿就如蜻蜓撼石柱一個個掙得紅頭赤臉莫想拿動半分毫大王子見

了。呌道兄弟莫費力了。師父的兵器俱是神兵。不知有多少重哩。八戒笑道我的鈀也沒多重。只有一藏之數。連柄五千零四十八觔。三王子問沙僧道師父寶杖多重沙僧笑道也是五千零四十八觔。大王子求行者的金箍棒看行者去耳躲裏取出一個針兒來。迎風幌一幌就有碗來粗細直直的豎立面前。那王父子都皆悚懼衆官員個個心驚。三個小王子禮拜道猪師沙師之兵。俱隨身帶在衣下。即可取之。孫師爲何自耳中取出見風即長何也行者笑道你不知我這棒。不是凡間等閑可有者。這棒是

鴻濛初判陶鎔鐵大禹神人親所設湖海江河淺共深

會將此棒知之切開山治水太平時流落東洋鎮海闕
日久年深放彩霞能消能長能光潔老孫有分取將來
變化無窮隨口訣要大彌於宇宙間要小却似針兒節
棒名如意號金箍天上人間稱一絕重該一萬三千五
百觔或粗或細能生滅也曾助我鬧天宮也曾隨我攻
地闕伏虎降龍處處通煉魔蕩怪方方徹舉頭一指太
陽昏天地鬼神皆膽怯混沌時傳到至今原來不是凡
間鐵

那王子聽言個個頂禮不盡三人向前重重拜禮虔心求

授行者道你三人不知學那般武藝王子道願使棍的就

學棍、慣使鈀的就學鈀、愛用杖的就學杖、行者笑道、教便也容易、只是你等無力量使不得我們的兵器、恐學之不精、如畫虎不成、反類狗也、古人云、訓教不嚴師之惰、學問無成子之罪、汝等既有誠心、可去焚香來拜了天地、我先傳你些、神力、然後可授武藝、三個小王子聞言、滿心懽喜、即便親擡香案沐手焚香、朝天禮拜、拜畢、請師傅法、行者轉下身來、對唐僧行禮道、告尊師恕弟子之罪、自當年在兩界山、蒙師父大德、救脫弟子、秉教沙門、一向西來雖不曾重報師恩、却也曾渡水登山、竭盡心力、今來佛國之鄉幸遇賢王三子、投拜我等、欲學武藝、彼既為我等之徒弟即為我師之徒孫也。謹稟過我師，庶好傳受。三藏十分大喜，八戒沙僧見行者行禮，也即轉身朝三藏磕頭道：師父我等愚鹵，拙口鈍腮，不會說話，望師父高坐法位，也讓我兩個各招個徒弟耍耍，也是西方路上之憶念。三藏俱忻然允之。行者纔教三個王子就在暴紗亭後靜室之間，畫了罡斗，教三人都俯伏在內，一個個瞑目寧神。這里却暗暗念動真言，誦動咒語，將仙氣吹入他三人心腹之中，把元神收歸本舍，傳與口訣，各授得萬千之膂力，運添了火候，却象個脫胎換骨之法，運遍了子午周天。那三個小王子，方纔遮醒，一齊爬將起來，抹抹臉，精神抖擻，一個個骨莊勸強大王子就拿得金箍棒，二三子就輪得九齒鈀，三王子就舉得降妖杖，老王見了懽喜不勝，又排素宴，啓謝他師徒四衆，就在筵前各傳各授，學棍的演棍，學鈀的演鈀，學杖的演杖，雖然打幾個轉身，丟幾般解數，終是有些着力，走一路便喘氣噓噓，不能奈久，蓋他那兵器，都有變化，其進退攻陽，隨消隨長，皆有自然之妙，此等終是凡夫，豈能以遽及也，當日散了筵宴，次日三個王子，又來稱謝道，感蒙神師，授賜了膂力，縱然輪得師的兵器，只是轉換艱難，意欲命匠，使神師兵器式樣，減削斤兩，打造一般，未知師父肯容否，八戒道，好好好，說得有理，我們的器械，一

則你們使不得二則我們要護法降魔正該另造另造王
子隨即宣召鐵匠買辦鋼鐵萬觔就在王府內前院搭廠
支鑪鑄造先一日將鋼鐵煉熟次日請行者三人將金箍
棒九齒鈀降妖杖都取出放在篷廠之間有樣造作遂此
晝夜不收噫這兵器原是他們隨身之寶一刻不可離者
各藏在身自有許多光彩護體今放在廠中幾日那霞光
有萬道沖天瑞氣有十條罩地其夜有一妖精離城只有
七十里遠近山喚豹頭山洞喚虎口洞夜坐之間忽見霞
光瑞氣即駕雲來看見光彩起是王府之內他按下雲頭
近前觀看乃是三般兵器放光妖精又喜又愛道好寶貝

好寳貝道是甚人用的今放在此也是我的緣法拿了去呀拿了去呀他愛心一動弄起威風將三般兵器一股拕之徑轉本洞正是那

道不須臾離　可離非道也
神兵盡落空　枉費參修者

畢竟不知怎生尋得兵器且聽下回解

總批

既要做他們徒弟只合學空學能學淨却去學棒學鈀學杖所以今之學者只能得師門之糟粕而已

第八十九回

黃獅精虛設釘鈀宴　金木土計鬧豹頭山

却說那院中幾個鐵匠，因連日辛苦，夜間俱自睡了。及天明起來打造，蓬下不見了三般兵器，一個個呆掙神驚，四下尋我。只見那三個王子出宮來看，那鐵匠一齊磕頭道，小王阿，神師的三般兵器都不知那里去了。小王子聽言心驚膽戰，道，想是師父今夜收拾去了。急奔暴紗亭看時，見白馬尚在廊下，忍不住叫道，師父還睡哩。沙僧道，起來了。即將房門開了，讓王子進裏看時，不見兵器，慌慌張張問道，師父的兵器都收來了。行者跳起道，不會收阿。王子道三般兵器今夜都不見了八戒連忙爬起道我的鈀在麼小王道適纔我等出來只見衆人前後找尋不見弟子恐是師父收了却纔來問老師的寶貝俱是能長能消想必藏在身邊哄弟子哩行者道委的未收都尋去來隨至院中蓬下果然不見踪影八戒道定是這夥鐵匠偷了快拿出來畧遲了些兒就都打死打死那鐵匠慌得磕頭滴淚道爺爺我們連日辛苦夜間睡着及至天明起來遂不見了我等乃一縣凡人怎麼拿得動望爺爺饒命饒命行者無語暗恨道還是我們的不是既然看了式樣就該收在身邊怎麼却丟放在此那寶貝霞彩光生想是驚動甚

麼歹人今夜竊去也八戒不信道哥哥說那里話這般個太平境界又不是曠野深山怎得個歹人來定是鐵匠欺心他見我們的兵器光彩認得是三件寶貝連夜走出王府夥些人來抬的抬拉的拉偷出去了拿起來打啞打啞衆匠只是磕頭發誓正嚷處只見老王子出來問及前事却也面無人色沉吟半晌道神師兵器本不同凡就有百十餘人也禁挫不動況孤在此城今已五代不是大膽海口孤也頗有個賢名在外這城中軍民匠作人等也頗懼孤之法度斷是不敢欺心望神師再思可矣行者笑道不用再思也不須苦賴鐵匠我問殿下你這州城四面可有

甚麼山林妖怪、王子道、神師此問甚是有理、孤這州城之北有一座豹頭山、山中有一座虎口洞、往往人言洞內有仙、又言有虎狼、又言有妖怪、孤未曾訪得端的、不知果是何物、行者笑道、不消講了、定是那方歹人、知道俱是寶貝一夜偷將去了、呌八戒沙僧你都在此、保着師父護着城池、等老孫尋訪去來、又呌鐵匠們不可住了爐火、一一煉造、好猴王辭了三藏、唿哨一聲、形影不見、早跨到豹頭山上、原來那城相去只有三十里、一瞬即到、徑上山峯觀看果然有些妖氣、真是

龍脉悠長、地形遠大、尖峯挺挺插天高、陡澗沉沉流水

急山前有瑤草舖茵、山後有奇花佈錦、喬松老栢、古樹
修篁、山鴉山鵲亂飛鳴、野鶴野猿皆嘯唳、懸崖下、麋鹿
雙雙、削壁前、獾狐對對二一起一伏遠來龍、九曲九灣潛
地脈、埂頭相接玉華州、萬古千秋興勝處。
行者正然看時、忽聽得山背後有人言語、急回頭視之、乃
兩個狼頭妖怪、朗朗的說着話、向西北上走、行者揣道、這
定是那山的怪物、等老孫跟他去聽聽、看他說些甚的、捻
着訣、念個咒兒、搖身一變、變做個蝴蝶兒、展開翅、翩翩翻翻
徑自趕上、果然變得有樣範、
一雙粉翅、兩道銀鬚、乘風飛去急、映日舞來徐、渡水過

嬌能嫉俏,偷香弄粉甚惺惺,體輕偏愛鮮花味,雅態芳情任卷舒.

他飛在那個妖精頭直上,飄飄蕩蕩,聽他說話,那妖猛的吽道,二哥,我大王連日僥倖,前月裏得了一個美人兒在洞內盤桓,十分快樂,昨夜裏又得了三般兵器,果然是無價之寶,明朝開宴慶釘鈀會哩,我們都有受用,這個道我們也有些僥倖,拿這二十兩銀子,買猪羊去,如今到了乾方集上,先喫幾壺酒兒,把東西開個花帳兒,落他二三兩銀子,買件綿衣過寒,却不是好,兩個怪說說笑笑的,上大路急走如飛,行者聽得要慶釘鈀會,心中暗喜,欲要打殺他爭奈不干他事況手中又無兵器他即飛向前邊現了本相在路口上立定那妖看看走到身邊被他一口法唾噴將去念一聲唵吽吒唎即使個定身法把兩個狼頭精定住眼睜睜口也難開直挺挺雙腳站住又將他扳翻倒揭衣搜檢果是有二十兩銀子着一條搭包兒打在腰間裙帶上又各掛着一個粉漆牌兒一個上寫着刁鑽古怪一個上寫着古怪刁鑽好大聖取了他銀子解了他牌兒遂跨步回至州城到王府中見了王子唐僧並大小官員匠作人等具言前事八戒笑道想是老豬的寶貝霞彩光明所以買豬羊治筵席慶賀哩但如今怎得他來行者道

我兄弟三人俱去這銀子是買辦猪羊的且將這銀子賞
了匠人教殿下尋幾個猪羊八戒你變做刀鑽古怪我變
做古怪刀鑽沙僧粧做個販猪羊的客人走進那虎口洞
裏得便處各人拿了兵器打絶那妖邪回來却收拾走路
沙僧笑道妙妙妙不宜遲快走老王果依此言即教管事
的買辦了七八口猪四五腔羊他三人辭了師父在城外
大顯神通八戒道哥哥我未曾看見那刀鑽古怪怎生變
得他的模樣行者道那怪被老孫使了定身法定住在那
里直到明日此時方醒我記得他的模樣你站下等我教
你變如此如彼就是他的模樣了那獃子真個口裏念着

兒行者吹口仙氣霎時就變得與那刁鑽古怪一般無二
將一個粉牌兒帶在腰間行者即變做古怪刁鑽腰間也
帶了一個牌兒沙僧打扮得像個販猪羊的客人一起兒
赶着猪羊上大路徑奔山來不多時進了山凹裏又遇見
一個小妖他生得嘴臉也恁地兇惡看那

圓滴溜兩隻眼如燈幌亮紅刺㛹一頭毛似火飄光糟
鼻子猛傢口獠牙尖利查耳聛砍額頭青臉泡浮身穿
一件淺黃衣足踏一雙草蒲履雄雄糾糾若凶神急急
忙忙如惡鬼

那怪左脇下挾着一個彩漆的請書匣兒迎着行者叫道

古怪刁鑽你兩個來了買了幾口猪羊行者道這赶的不是那婭朝沙僧道此位是誰行者道就是販猪羊的客人還少他幾兩銀子帶他來家取的你往那里去那婭道我往竹節山去請老大王明早赴會行者綽他的口氣兒就問共請多少人那婭道請老大王坐首席連本山大王共頭目等衆約有四十多位正說處八戒道去罷去罷猪羊都自放走了行者道你去邀着等我討他帖兒看看那婭見自家人即揭開取出遞與行者行者展開看時上寫着

明辰敬治餚酌慶釘鈀嘉會屈

尊車從過山一敘幸勿外至感　右啓

祖翁九靈元聖老大人尊前　門下孫黃獅頓首百拜
行者看畢仍遞與那姪那姪放在匣內徑往東南上去了
沙僧問道哥哥帖兒上是甚麼話頭行者道乃慶釘鈀會
的請帖名字寫着門下孫黃獅百拜請的是祖翁九靈元
聖老大人沙僧笑道黃獅想必是個金毛獅子成精但不
知九靈元聖是個何物八戒聽言笑道是老猪的貨了行
者道怎見得是你的貨八戒道古人云癩母猪專赶金毛
獅子故知是老猪之貨物也他三人說說笑笑赶着猪羊
却就望見虎口洞門但見那門兒外
周圍山遶擘一脉氣連城削壁扳青蔓高崖掛紫荊鳥

聲深樹匝花影洞門迎。不亞桃源洞。堪宜避世情。

漸漸近於門口。又見一叢大大小小的雜項妖精。在那花樹之下頑耍。忽聽得八戒呵呵赶猪羊到時。都來迎接。便就捉猪的捉猪。捉羊的捉羊。一齊綑倒。早驚動裏面妖王。領十數個小妖出來問道。你兩個來了。買了多少猪羊。行者道。買了八口猪。七腔羊。共十五個生口。猪銀該一十六兩。羊銀該九兩。前者領銀二十兩。仍欠五兩。這個就是客人。跟來找銀子的。妖王聽說。即喚小的們取五兩銀子打發他去。行者道。這客人一則來找銀子。二來要看看嘉會那妖大怒罵道。你這個刁鑽兒憊懶。你買東西罷了。又與人說甚麼會不會八戒上前道主人公得了寶貝誠是天下之奇珍就教他看看怕怎的那怪咄的一聲道你這古怪也可惡我這寶貝乃是玉華州城中得來的倘這客人看了去那州中傳說說得人知那王子一時來訪求却如之何行者道主公這個客人乃乾方集後邊的人去州許遠又不是他城中人也那里去傳說二則他肚裏也饑了我兩個也未曾喫飯家中有現成酒飯賞他些喫了打發他去罷說不了有一小妖取了五兩銀子遞與行者行者將銀子遞與沙僧道客人收了銀子我與你進後面去喫些飯來沙僧仗着膽同八戒行者進於洞內到二層廠廳

之上只見正中間桌上高高的供養着一柄九齒釘鈀真個是光彩映目東山頭靠着一條金箍棒西山頭靠着一條降妖杖那怪王隨後跟着道客人那中間說光亮的就是釘鈀你看便看只是出去千萬莫與人說沙僧點頭稱謝了噫這正是物見主必定取那八戒一生是個魯夯的人他見了釘鈀那里與他叙甚麼情節跑上去拿下來輪在手中現了本相丢了解數望妖精劈臉就築這行者沙僧也奔至兩山頭各拿器械現了原身三弟兄一齊亂打慌得那怪王急抽身閃過轉入後邊取一柄四明鏟捍長鑄利趕到天井支住他三般兵器厲聲喝道你是甚麼人

敢弄虛頭騙我寶貝行者罵道我把你這個賊毛團你是認我不得我們乃東土聖僧唐三藏的徒弟因至玉華州倒換關文蒙賢王教他三個王子拜我們為師學習武藝將我們寶貝作樣打造如式兵器因放在院中被你這賊毛團黃夜入城偷來倒說我弄虛頭騙你寶貝不要走就把我們這三件兵器各奉承你幾下嘗嘗那妖精就舉鏟來敵這一塲從天井中鬬出前門看他三僧攢一妖好殺

呼呼棒若風滾滾鈀如雨降妖杖舉滿天霞四明鏟探雲生綺好似三仙煉大丹火光彩幌驚神鬼行者施威甚有能妖精盜寶多無禮天蓬八戒顯神通大將沙僧

英更美弟兄合意運機謀虎口洞中興鬭起那怪豪強弄巧乖四個英雄堪厮比當時殺至日頭西妖邪力軟難相抵

他們在豹頭山戰鬭多時那妖精抵敵不住向沙僧前喊一聲看鏟沙僧讓個身法躲過妖精得空而走向東南巽宫上乘風飛去八戒[illegible]步要趕行者道且讓他去自古道窮寇勿追且只來斷[illegible]歸路八戒依言三人徑至洞口把那百十個若大若小的妖精盡皆打死原來都是些虎狼彪豹馬鹿山羊被大聖使個手法將他那洞裏細軟物件並打死的雜項獸身與趕來的諸羊通皆帶出沙僧就取

出乾柴放起火來八戒使兩個耳朵搧風把一個巢穴一
時燒得乾淨却將帶出的諸物即轉州城此時城門尚開
人家未睡老王父子與唐僧俱在暴紗亭盼望只見他們
撲哩撲剌的丟下一院子死獸猪羊及細軟物件一齊叫
道師父我們已得勝回來也那殿下喏喏相謝唐長老滿
心懽喜三個小王子跪拜於地沙僧攙起道且莫謝都近
前看看那物件王子道此物俱是何來行者笑道那虎狼
彪豹馬鹿山羊都是成精的妖怪被我們收了兵器打出
門來那老妖是個金毛獅子他使一柄四明鏟與我等戰
到天曉敗陣逃生往東南上走了我等不曾趕他却掃除

他歸路，打殺這些羣妖，搜尋他這些物件帶將來的。老王聽說，又喜又憂。喜的是得勝而回，憂的是那妖日後報讐。行者道：殿下放心，我已慮之熟，處之當矣。一定與你掃除盡絶，方纔起行，决不至貽害於後。我午間去時，撞見一個青臉紅毛的小妖送請書，我看他帖子上寫着：明辰敬治餚酌慶釘鈀嘉會，屈尊車從過山一叙，幸勿外，至感。右啟祖翁九靈元聖老大人尊前，名字是門下孫黄獅頓首百拜。纔那妖精敗陣，必然向他祖翁處去會話，明辰斷然尋我們報讐，當情與你掃蕩乾淨。老王稱謝了，擺上晚齋。師徒們齋畢，各歸寢處不題。却說那妖精果然向東南方奔

到竹節山那山中有一座洞天之處喚名九曲盤桓洞洞
中的九靈元聖是他的祖翁當夜足不停風行至五更時
分到於洞口敲門而進小妖見了道大王昨晚有青臉兒
下請書老爺留他住到今早欲同他來赴你釘鈀會你怎
麽又絕早親來邀請妖精道不好說不好說會成不得了
正說處見青臉兒從裏邊走出道大王你來怎的老大王
爺爺起來就同我去赴會哩妖精慌慌張張的只是搖手不
言少頃老妖起來了喚入這妖精丟了兵器倒身下拜止
不住腮邊淚落老妖道賢孫你昨日下柬今早正欲來赴
會你又親來爲何發悲煩惱妖精叩頭道小孫前夜對月

閑行。只見玉華州城中。有光彩沖空。急去看時。乃是王府院中三般兵器放光。一件是九齒滲金釘鈀。一件是寶杖。一件是金箍棒。小孫即使神法攝來。立名釘鈀嘉會。着小的們買猪羊果品等物。設宴慶會。請祖爺爺賞之。以爲一樂。昨差青臉來送柬之後。只見原差買猪羊的刁鑽兒等趕着幾個猪羊。又帶了一個販買的客人來找銀子。他定要看看會去。是小孫恐他外向傳說。不容他看。他又說肚中饑餓。討些飯吃。因教他後邊吃飯。他走到裏邊。看見兵器。說是他的。三人就各搶去一件。現出原身。一個是毛臉雷公嘴的和尚。一個是長嘴大耳的和尚。一個是晦氣色臉的和尚他都不分好歹喊一聲亂打是小孫急取四明鏟趕出與他相持問是甚麼人敢弄虛頭他道是東土大唐差往西天去的唐僧之徒弟因過州城倒換關文被王子留住習學武藝將他這三件兵器作樣子打造放在院內被我偷來遂此不忿相持不知那三個和尚叫做甚名却俱有本事小孫一人敵他三個不過所以敗走祖爺處望拔刀相助拿那和尚報讐庶見我祖愛孫之意也老妖聞言默想片時笑道原來是他我賢孫你錯惹了他也妖精道祖爺知他是誰老妖道那長嘴大耳者乃猪八戒晦氣色臉者乃沙和尚這兩個猶可那毛臉雷公嘴者叫

做孫行者。這個人其實神通廣大。五百年前曾大鬧天宫十萬天兵也不曾拿得住他專意尋人的。他便就是個搜山揭海破洞攻城撞禍的個都頭。你怎麼惹他。也能等我和你去。把那厮連玉華王子都擒來。替你出氣。那妖精聽說即叩頭而謝當時老妖點猱獅雪獅。狻猊白澤。伏狸摶象諸孫。各執鋒利器械黄獅引領。各縱狂風徑至豹頭山界。只聞得煙火之氣撲鼻。又聞得有哭泣之聲。仔細看時。原來是刁鑽古怪二人。在那里叫主公。哭主公哩。妖精近前喝道。你是真刁鑽兒假刁鑽兒二怪跪倒噙淚叩頭道我們怎是假的。昨日這早晚領了銀子去買猪羊。走至山西邊大路之上見一個毛臉雷公嘴的和尚他啐了我們一口我們就腳軟口强不能言語不能移步被他扳倒把銀子搜了去牌兒解了去我兩個昏昏沉沉直到此時纔醒及到家見煙火未息房舍盡皆燒了又不見主公并大小頭目故在此傷心痛哭不知這火是怎生起的那妖精聞言止不住淚如泉湧雙腳齊跌喊聲振天恨道秃厮十分作惡怎麼幹出這般毒事把我洞府燒盡美人燒死家當老小一空氣殺我也氣殺我也老妖叫猱獅扯他過來道賢孫事已至此徒惱無益且養全銳氣到州城裏拿那和尚去那妖精猶不肯住哭道老爺我那們個山場非一

日治的今被這禿厮盡毀我却要此命做甚的掙起來往石崖上撞頭磕腦被雪獅猱獅等苦勸方止當時丟了此處都奔州城只聽得那風滾滾霧騰騰來得甚近諕得那城外各關廂人等拖男挾女顧不得家私都往州城中走走入城門將門閉了有人報入王府中道禍事禍事那王子唐僧等正在暴紗亭喫早齋聽得人報禍事却出門來問衆人道一羣妖精飛沙走石噴霧掀風的來近城了老王大驚道怎麽好行者笑道都放心都放心這是虎口洞妖精昨日敗陣往東南方去夥了那甚麽九靈元聖兒來也等我同兄弟們出去分付教關了四門汝等點人夫看

守城池那王子果傳令。把四門閉了。點起人夫上城他父子並唐僧在城樓上點劄旌旗蔽日砲火連天行者三人却半雲半霧出城迎敵。這正是

失却慧兵緣不謹　頓教魔起衆邪凶（着眼）

畢竟不知這場勝敗如何且聽下回分解

總批

失却慧兵緣不謹頓教魔起衆邪凶慧兵是恁麽魔是恁麽邪是恁麽。如何爲不謹如何爲失却。如何爲凶不要看遠了。

第九十回

師獅授受同歸一　盜道纏禪靜九靈

却說孫大聖同八戒沙僧出城頭覿面相迎見那夥妖精都是些雜毛獅子黃獅精在前引領狻猊獅摶象獅在左白澤獅伏狸獅在右猱獅雪獅在後中間却是一個九頭獅子那青臉兒怪執一面錦繡團花寶幢緊挨着九頭獅子刁鑽古怪兒古怪刁鑽兒打兩面紅旗齊齊的都佈在坎宮之地八戒莽撞走近前罵道偷寶貝的賊怪你去那里夥這幾個毛團來此怎的黃獅精切齒罵道潑狠禿廝昨日三個敵我一個我敗回去讓你爲人罷了你怎麼這

般狠惡燒了我的洞府損了我的山場傷了我的眷屬我和你寃讐深如大海不要走喫你老爺一鏟好八戒舉鈀就迎兩個纔交手還未見高低那猱獅精輪一根鐵蒺藜雪獅精使一條三楞簡徑來奔打八戒發一聲喊道來得好你看他橫衝直抵鬬在一處這壁廂沙和尚急掣降妖杖近前相助又見那狻猊精白澤精與摶象伏狸二精一擁齊上這里孫大聖使金箍棒架住羣精狻猊使悶棍白澤使銅鎚摶象使鋼鎗伏狸使鉞斧那七個獅子精這三個狠和尚好殺

棍鎚鎗斧三楞簡蒺藜骨朶四明鏟七獅七器甚鋒芒

圍戰三僧齊吶喊。大聖金箍鐵棒兇。沙僧寶杖人間罕。八戒顛風驕勢雄。釘鈀幌亮光華慘。前遮後擋各施功。左架右迎都勇敢。城頭王子助威風。擂鼓篩鑼齊壯膽。投來搶去弄神通。殺得昏濛天地反。

那一夥妖精齊與大聖三人戰經半日。不覺天晚。八戒口吐粘涎。看看腳軟。虛幌一鈀。敗下陣去。被那雪獅猱獅二精喝道。那里走。看打。獃子躲閃不及。被他照脊梁上打了一箇。睡在地下。只叫罷了。罷了。兩個精把八戒揪鬃拖尾扛將去見那九頭獅子。報道祖爺我等拿了一個來也。說不了。沙僧行者也都戰敗。眾妖精一齊趕來。被行者拔一

把毫毛嚼碎噴將去叫聲變即變做個百十個小行者圍
圍繞繞將那白澤猱猊摶象伏狸幷金毛獅猊團團在中
沙僧行者却又上前攢打到晚拿住猱猊白澤走了伏狸
摶象金毛報知老妖老妖見失了二獅分付把猪八戒綑
了不可傷他性命待他還我二獅却將八戒與 他若無
知壞了我二獅即將八戒殺了對命當晚羣妖安歇城外
不題却說孫大聖把兩个獅子精擡近城邊老王見了即
傳令開門差二三十個校尉拿繩扛出門綁了獅精扛入
城裏孫大聖收了法毛同沙僧徑至城樓上見了唐僧
僧道這塲事甚是利害呀悟能性命不知有無行者道沒

事我每把這兩個妖精拿了他那里斷不敢傷且將二精牢拴緊縛待明早抵換八戒也三個小王子對行者叩頭道師父先前賭鬬只見一身及後佯輸而回都怎麼就有百十位師身及至拿住妖精近城來還是一身此是甚麼法力行者笑道我身上有八萬四千毫毛以一化十以十化百百千萬億之變化皆身外之身法也那王子一個個頂禮即時擺上齋來就在城樓上喫了各垛口上都要燈籠旗幟梆鈴鑼鼓交更傳箭放砲吶喊早又天明老妖即喚黃獅精定計道汝等今日用心拿那行者沙僧等我暗自飛空上城拿他那師父并那老王父子先轉九曲盤桓

洞，待你得勝回報。黄獅領計，便引猱獅、雪獅、搏象、伏狸，各執兵器，到城邊滚風踏霧的索戰。這里行者與沙僧跳出城頭，厲聲罵道：賊潑娃，快將我師弟八戒送還，我饒你性命；不然，都教你粉骨碎屍。那妖精那容分說，一擁齊來。這大聖弟兄兩個，各運機謀，擋住五個獅子。這殺比昨日又甚不同。

呼呼刮地狂風惡，暗暗遮天黑霧濃。走石飛沙神鬼怕，推林倒樹虎狼驚。鋼鎗狠狠鉞斧明，蒺蔾簡鏟太毒情。恨不得囫圇吞行者，活活捉沙僧。這大聖一條如意棒，卷舒收放甚精靈。沙僧那柄降妖杖，靈霄殿外有名聲。

今番幹運神通廣西域施功掃蕩精。

這五個雜毛獅子精與行者沙僧正廝殺到好處那老妖駕着黑雲徑直騰至城樓上搖一搖頭諕得那城上文武大小官員幷城夫人等都滾下城去被他奔入樓中張開口把三藏與老王父子一齊噙出復至道旁地下將八戒也着口噙之原來他九個頭就有九張口一口噙着唐僧一口噙着八戒一口噙着老王一口噙着大王子一口噙着二王子一口噙着三王子六口噙着六人還空了三張口發聲喊叫道我先去也這五個小獅精見他祖得勝一個個愈展雄才行者聞得城上人喊[illegible]口中了他計急

唤沙僧仔細。他却把臂膊上毫毛。盡皆拔下。一口嚼爛噴出。變作千百個小行者。一擁攻上。當時掩倒猱獅。活捉了雪獅。拿住了搏象師。扛翻了伏狸獅。將黄獅打死。烘烘的嚷到州城之下。倒轉走脫了青臉兒與才鑽古怪。古怪才鑽兒二姪。那城上官看見。却又開門。將繩把五個獅精。又綑了。扛進城去。還未發落。只見那王妃。哭哭啼啼。對行者禮拜道。神師呵。我殿下父子。并你師父性命休矣。這孤城怎生是好。大聖收了法毛。對王妃作禮道。賢后莫愁。只因我拿他七個獅精。那老妖弄攝法。定將我師父與殿下父子攝去。料必無傷。待明日絕早。我兄弟二人。去那山中。管情捉住老妖還你四個王子。那王妃并宮女聞得此言都對行者下拜道願求殿下父子全生皇圖堅固拜畢一個個含淚還宮行者分付各官將打死的黃獅精剝了皮六個活獅精牢牢拴鎖取些齋飯來我們吃了睡覺你們都放心。保你無事。至次日大聖領沙僧駕起祥雲不多時到于竹節山頭按雲頭觀看好座高山但見

峯排突兀。嶺峻崎嶇。深澗下潺湲水漱。陡崖前錦繡花香。回巒重疊古道灣環真是鶴來松有伴果然雲去石無依。玄猿覓果向晴暉。麋鹿尋花歡日暖。青鸞聲淅瀝黃鳥語綿蠻。春來桃李爭妍夏至柳槐競茂秋到黃花

佈錦冬交白雪飛綿四時八節好風光。不亞瀛洲仙景象。

他兩個正在山頭上看景忽見那青臉兒。手拿一條短棍徑跑出崖谷之間行者喝道。那里走。老孫來也諕得那小妖。一翻一滾的。跑下崖谷。他兩個。一直追來。又不見踪跡向前又轉。幾步。却是一座洞府。兩扇花斑石門緊緊關閉門楣上。橫嵌着一塊石版。楷鐫了十個大字。乃是萬靈竹節山。九曲盤桓洞。那小妖原來跑進洞去。郎把洞門閉了。到中間對老妖道。爺爺外面又有兩個和尚來了。老妖道你大王併猱獅雪獅摶象伏狸可曾來。小妖道。不見不見。

只是兩個和尚在山峯高處跳望我看見回頭就跑他趕將來我却閉門來也老妖聽說低頭不語半晌忽的吊下淚來叫聲苦阿我黄獅孫死了猱獅孫等又盡被和尚捉進城去矣此恨怎生報得八戒綑在傍邊與王父子唐僧俱攢簇一處悽悽惶惶受苦聽見老妖說聲衆孫被和尚捉進城去暗暗喜道師父莫怕殿下休愁我師兄已得勝捉了衆妖尋到此間救拔吾等也說罷又聽得老妖叫小的們好生在此看守等我出去拿那兩個和尚進來一發懲治你看他身無披掛手不拈兵大踏步走到前邊只聞得孫行者吆喝哩他就開了洞門徑不打話來奔行者行

者使鐵棒當頭支住沙僧輪寳杖就打那老妖把頭搖一
搖左右八個頭一齊張開只把行者沙僧輕輕的又銜入
洞內教取繩索來那刁鑽古怪古怪刁鑽與青臉兒是昨
夜逃生而回者即拿兩條繩把他二人着實綑了老妖問
道你這潑猴把我那七個兒孫捉了我今拿住你和尚四
個王子四個也足以抵得我兒孫之命小的們選荊條柳
棍來且打這猴頭一頓與我黃獅孫報報冤讐那三個小
妖各執柳棍專打行者行者本是熬煉過的身體那些些
柳棍兒只好與他拂癢他那里做聲憑他怎麽捶打畧不
介意八戒唐僧與王子兒了一個個毛骨悚然少時打折

了柳棍直打到天晚也不計其數沙僧見打得多了甚不過意道我替他打百十下罷老妖道你且莫忙明日就打到你了一個個挨次一一將來八戒着忙道後日就打到我老猪也打一會漸漸的天昏了老妖叫小的們且住點起燈火來你們喫些飲食讓我到錦雲窩（好○名○色）略睡睡去汝三人都是遭過害的却用心看守待明早再打三個小妖移過燈來拿柳棍又打行者腦蓋就象敲梆子一般剔剔托托托剔緊幾下慢幾下夜將深了却都盹睡行者就使個遁法將身一小脫出繩來抖一抖毫毛整束了衣服耳躲內取出棒來幌一幌有吊桶粗細二丈長短朝着三個小

妖道你這業畜把你老爺就打了許多棍子老爺還只照舊老爺也把這棍子各樫你樫看道如何把三個小妖輕輕一樫就樫做三個肉餅却又剔亮了燈解放沙僧八戒綑急了恐不住大聲叫道哥哥我的手脚都綑腫了倒不來先解放我這獃子喊了一聲却早驚動老妖老妖一轂轆爬起來道是誰人解放那行者聽見一口吹息燈也顧不得沙僧等衆使鐵棒打破幾重門走了那老妖到中堂裏叫小的們怎麼沒了燈光只莫走了人也叫一聲沒人荅應又叫一聲又沒人荅應及取燈火來看時只見地下血淋淋的三塊肉餅老王父子及唐僧八戒俱在只不見

了行者沙僧點着火前後趕看只見沙僧還背貼在廊下跍哩被他一把拿住捽倒照舊綑了又找尋行者但見幾層門盡皆損破情知是行者打破走了也不去追趕將破門補的補遮的遮固守家業不題却說孫大聖出了那九曲盤桓洞跨祥雲徑轉玉華州但見那城頭上各方的土地神祇與城隍之神迎空拜接行者道汝等怎麼今夜纔見城隍道小神等知大聖下降玉華州因有賢王欵留故不敢見今知王等遇怪大聖降魔特來叩接行者正在嗔怪處又見金頭揭諦六甲六丁神將押着一尊土地跪在面前道大聖吾等捉得這個土地兒來也行者喝道汝等

不在竹節山護我師父。卻怎麼嚷到這里。丁甲神道。大聖那妖精自你逃時復捉住捲簾大將。依然綑了。我等見他法力甚大。却將竹節山土地押解至此。他知那妖精的根由。乞大聖問他一問。便好處治。以救聖僧賢王之苦。行者聽言甚喜。那土地戰兢兢叩頭道。那老妖前年下降竹節山。那九曲盤桓洞原是六獅之窩。那六个獅子。自得老妖至此。就都拜爲祖翁。祖翁乃是個九頭獅子。號爲九靈元聖。若得他滅。須去到東極妙巖宮請他主人公來。方可收伏他。人莫想來也。行者聞言。思憶半晌道。東極妙岩宮是太乙救苦天尊。阿他坐下正是個九頭獅子。這等說。便教揭諦金甲還同土地回去，暗中護祐師父，師弟并州王父子，本處城隍守護城池，衆神各各遵守去訖。這大聖縱觔斗雲，連夜前行，約有寅時，到了東天門外，正撞着廣目天王與天丁力士，一行儀從。衆皆停住，拱手迎道：「大聖何往？」行者對衆禮畢道：「前去妙巖宮走走。」天王道：「西天路不走，却又東天來做甚？」行者道：「因到玉華州，蒙州王相款，遣三子拜我等弟兄為師，習學武藝，不期遇着一夥獅妖。今訪得妙巖宮太乙救苦天尊乃妖之主人公，欲請他去降妖救師。」天王道：「那廂因你欲為人師，所以惹出這一窩獅子來也。」行者笑道：「正為此，正為此。」衆天丁力士一個個拱手

趣甚趣甚

讓道而行。大聖進了東天門，不多時，到妙岩宮前，但見：

彩雲重疊，紫氣龍葱，瓦漾金波燄，門排玉獸，崇花盈雙闕，紅霞遶，日映鸞林，翠露籠，果然是萬真環拱，千聖興隆，殿閣層層，錦牕軒處處通，蒼龍盤護，祥光藹黄道，光輝瑞氣濃，這的是青華長樂界，東極妙巖宮。

那宮門內立着一個穿霓帔的仙童，忽見孫大聖，即入宮報道：爺爺，外面是鬧天宮的齊天大聖來了。太乙救苦天尊聽得，即喚侍衛衆仙迎接。迎至宮中，只見天尊高座九色蓮花座上，百億瑞光之中，見了行者，下座來相見。行者朝上施禮，天尊答禮道：大聖，這幾年不見，前聞得你棄道歸佛保唐僧西天取經想是功行完了行者道功行未完却也將近但如今因保唐僧到玉華州蒙王子遣三子拜老孫等爲師習學武藝把我們三件兵器照樣打造不期夜間被賊偷去及天明尋找原是城北豹頭山虎口洞一個金毛獅子成精盜去老孫用計取出那精就夥了若干獅精與老孫大鬭內有一個九頭獅子神通廣大將我師父與八戒并王父子四人都啣去到一竹節山九曲盤桓洞次日老孫與沙僧跟尋亦被啣去老孫被他綑打無數幸而弄法走了他們正在彼處受罪問及當方土地始知天尊是他主人特來奉請收降他去天尊聞言即令仙將

到獅子房。喚出獅奴來問。那獅奴熟睡。被衆將推搖方醒。揪至中廳來見。天尊問道。獅獸何在。那奴兒垂淚叩頭。只教饒命饒命。天尊道。孫大聖在此。且不打你。你快說爲何不謹。走了九頭獅子。獅奴道。爺爺。我前日在大千甘露殿中。見一瓶酒。不知偷去喫了。不覺沉醉睡着。失于拴鎖。是以走了。天尊道。那酒是太上老君送的。喚做輪廻瓊液。你喫了。該醉三日不醒。那獅獸今走幾日了。大聖道。據土地說。他前年下降。到今二三年矣。天尊笑道。是了是了。天宮裏一日。在凡世就是一年。叫獅奴道。你且起來。饒你死罪。跟我與大聖下方去收他來。汝衆仙都回去。不用跟隨。天

尊遂與大聖獅奴駕雲徑至竹節山只見那五方揭諦六
丁六甲本山土地都來跪接行者道汝等護祐可曾傷了
我師衆神道妖精着了惱睡了更不曾動甚刑罰天尊道
我那元聖兒也是一個久修得道的真靈他喊一聲上通
三聖下徹九泉等閑也便不傷生孫大聖你去他門首索
戰引他出來我好收之行者聽言果掣棒跳近洞口高罵
道潑妖精還我人來也潑妖精還我人來也連叫了數聲
那老妖睡着了無人荅應行者性急起來輪鐵棒往内打
進口中不住的喊罵那老妖方纔驚醒心中大怒爬起來
喝一聲赶戰搖搖頭便張口來銜行者回頭跳出妖精赶

到外邊罵道賊猴那里走行者立在高崖上笑道你還敢這等大膽無禮你死活也不知哩這不是你老爺主公在此那妖精赶到崖前早被天尊念聲咒語喝道元聖兒我來了那妖認得是主人不敢展掙四隻脚伏之於地只是磕頭傍邊跑過獅奴兒一把撾住項毛用拳着項上打勾百十口裏罵道你這畜生如何偷走教我受罪那獅獸合口無言不敢搖動獅奴兒打得手困方纔住了即將錦韉安在他身上天尊騎了喝聲叫走他就縱身駕起綵雲徑轉妙巖宫去大聖望空稱謝了却入洞中先解玉華王次解唐三藏次又解了八戒沙僧並三王子共搜他洞裏物

件道道停停將衆領出門外八戒就取了若干枯柴前後
堆上放起火來把一個九曲盤桓洞燒得山烏焦破瓦窰
大聖又發放了衆神還教土地在此鎮守郤令八戒沙僧
各各使法把王父子背駝回州他攙着唐僧不多時到了
州城天色漸晚當有妃后官員都來接見了擺上齋筵共
坐享之長老師徒還在暴紗亭安歇王子們入宫各寢一
宵無話次日王又傳旨大開素宴合府大小官員一一謝
恩行者又叫屠子來把那六個活獅子殺了共那黄獅子
都剝了皮將肉安排將來受用殿下十分懽喜郎命殺了
把一個留在本府內外人用一個與王府長史等官分用

把五個都剉做一二兩重的塊子差校尉給散州城內外軍民人等各與些須一則嘗嘗滋味二則押押驚恐那些家家戶戶無不瞻仰又見那鐵匠人等造成了三般兵器對行者磕頭道爺爺小的們工都完了問道各重多少斤兩鐵匠道金箍棒有千斤九齒鈀與降妖杖各有八百斤行者道也罷呌請三位王子出來各人執兵器三子對老王道父王今日兵器完矣老王道爲此兵器幾乎傷了我父子之命小王子道幸蒙神師施法救出我等却又掃蕩妖邪除了後患誠所謂海晏河清太平之世界也當時老王父子賞勞了匠作又至暴紗亭拜謝了師恩三藏又教

大聖等快傳武藝莫悮行程他三人就各輪兵器在王府院中一一傳授不數日那三個王子盡皆操演精熟其餘攻退之方緊慢之法各有七十二般解數無不知之一則那諸王子心堅二則虧孫大聖先授了神力此所以那千觔之棒八百觔之鈀杖俱能舉能運較之初時自家弄的武藝真天淵也有詩爲証

緣因善慶遇神師習武何期動怪獅掃蕩羣邪安社稷
皈依一體定邊夷九靈數合元陽理四面精通道果之
授受心明遺萬古玉華永樂太平時

那王子又大開筵宴謝了師教又取出一大盤金銀用答

微情行者笑道快拿進去快拿進去我們出家人要他何用八戒在傍道金銀寶不敢愛奈何我這件衣服被那些獅子精扯拉破了但與我們換件衣服足爲愛也那王子隨命針工照依色樣取青錦紅錦茶褐錦各數疋與三位各做了一件三人忻然領受各穿了錦布直裰收拾了行裝起程只見那城内城外若大若小無一人不稱是羅漢臨凡活佛下界鼓樂之聲旌旗之色盈街塞道正是家家戶外焚香火處處門前獻綵燈（着眼）送至許遠方回他四衆方得離城西去這一去頓脫羣思潛心正果纔是

無慮無憂來佛界　誠心誠意上雷音

畢竟不知到靈山還有幾多路程，何時行滿，且聽下回分解。

總批

頓脫群思，乃此回之本意也。急着眼，急着眼。〇六獅砍頭，黄獅剝皮，快則快矣。安得把世上許多誤人子弟的庸師，一一斧食肉寢皮，更爲快也。

第九十一回

金平府元夜觀燈　　玄英洞唐僧供狀

修禪何處用工夫，馬劣猿顛速剪除，牢捉牢拴生五彩，
暫停暫住墮三途，若教自在神丹漏，才放從容玉性枯，（着眼）
喜怒憂思須掃淨，得玄得妙恰如無，

話表唐僧師徒四衆，離了玉華城，一路平穩，誠所謂極樂之鄉，去有五六日程途，又見一座城池，唐僧問行者道，此又是甚麼處所，行者道，是座城池，但城上有杆無旗，不知地方，俟近前再問，及至東關廂，見那兩邊茶坊酒肆喧譁，米市油房熱鬧，街衢中有幾個無事閑遊的浪子，見猪八

戒嘴長，沙和尚臉黑，孫行者眼紅，都擁擁簇簇的爭看，只是不敢近前而問。唐僧揑着一把脈，惟恐他們惹禍。又走過幾條巷口，還不到城，忽見有一座山門，門一有慈雲寺三字。唐僧道，此處畧進去歇歇馬，打一個齋如何。行者道，好好。四衆遂一齊而入，但見那裡邊

珍樓壯麗，寶座崢嶸。佛閣高雲外，僧房的月中。丹霞縹渺浮屠挺，碧樹陰森輪藏清。眞淨土，假龍宮，大雄殿上紫雲籠。兩廊不絕閑人戲，一塔常開有客登。爐中香火時時爇，臺上燈花夜夜熒。忽聞方丈金鐘韻，應佛僧人朗誦經。

四衆正看時，又見廊下走出一個和尚，對唐僧作禮道：老師何來？唐僧道：弟子中華唐朝來者。那和尚倒身下拜，慌得唐僧攙起道：院主何爲行此大禮？那和尚合掌道：我這里向善的人，看經念佛，都指望修到你中華地托生；才見老師丰采衣冠，果然是前生修來的，方得此受用，故當下拜。唐僧笑道：惶恐惶恐！我弟子乃行脚僧，有何受用？若院主在此閑養自在，才是享福哩。那和尚領唐僧入正殿，拜了佛像，唐僧方才招呼徒弟進來。原來行者三人自見那和尚與師父講話，他都背着臉，牵着馬，守着擔，立在一處，和尚不曾在心，忽的聞唐僧叫徒弟，他三人方才轉面，那

（如此起求中華修西方者不顛倒）

和尚見了慌得叫爺爺呀你高徒如何恁般醜樣唐僧道醜則雖醜倒頗有些法力我一路甚虧他們保護正說處裡面又走出幾個和尚作禮先見的那和尚對後的說道這老師是中華大唐來的人物那三位是他高徒衆僧且喜且懼道老師中華大國到此何爲唐僧言我奉唐王聖旨向靈山拜佛求經適過寶方特奔上刹一則求問地方二則打頓齋食就行那僧人個個歡喜又邀入方丈方丈內又有幾個與人家做齋的和尚這先道去的又叫道你們都來看看中華人物原來中華有俊的有醜的俊的眞個難描難畫醜的却十分古怪那許多僧同齋王都來相

見見畢各坐下茶罷唐僧問道貴處是何地名衆僧道我這裏乃天竺國外郡金平府是也唐僧道貴府至靈山還有許多遠近衆僧道此間到都下有二千里這是我等走過的西去到靈山我們未走不知還有多少路不敢妄對唐僧謝了少時擺上齋來齋罷唐僧要行却被衆僧并齋主欵留道老師寬住一二日過了元宵要耍去不妨唐僧驚問道弟子在路只知有山有水怕的是逢怪逢魔把光陰都錯過了不知幾時是元宵佳節衆僧笑道老師拜佛與悟禪心重故不以此爲念今日乃正月十三到晚就試燈後日十五上元直至十八九方才謝燈我這裡人家好

事本府太守老爺愛民各地方俱高張燈火徹夜笙簫還有個金燈橋乃上古傳留至今豐盛老爺們寬住數日我荒山頗管待得起唐僧無已遂俱住手當晚只聽得佛殿上鍾鼓喧天乃是街坊衆信人等送燈來獻佛唐僧等都出方丈來看了燈各自歸寢次日寺僧又獻齋吃罷同步後園閑耍果然好個去處正是

時維正月歲屆新春園林幽雅景物妍森四時花木爭奇一派峰巒疊疊芳草堦前萌動老梅枝上生香紅入桃花嫩青歸柳色新金谷園富麗休誇輞川圖流風慢說木流一道野鳧出沒無常竹種千竿墨客推敲未定

芍藥花牡丹花紫薇花含笑花天機方醒山茶花紅梅花迎春花瑞香花艷質先開陰崖積雪猶含凍遠樹浮烟已帶春又見那鹿向池邊照影鶴來松下聽琴東幾廈西幾亭客來留宿南幾堂北幾塔僧靜安禪花卉中有一兩座養性樓重簷高拱日水內有三四處煉魔室靜几明窗真個是天然堪隱逸又何須他處覓蓬瀛師徒們玩賞一日至晚殿上看了燈又都去看燈遊戲但見那

瑪瑙花城琉璃仙洞水晶雲母諸宮似重重錦綉疊疊玲瓏星橋影幌乾坤動看數株火樹搖紅六街簫鼓千

門壁月，萬戶香風，幾處鰲峯高聳，有魚龍出海，鸞鳳騰空，羡燈光月色，和氣融融，綺羅隊裡，人人喜聽笙歌，車馬轟轟，看不盡花容玉貌，風流豪俠，佳景無窮。

三藏與衆僧，在本寺內看了燈，又到東關廂各街上遊戲。到二更時，方才回轉安置。次日唐僧對衆僧道，弟子原有掃塔之愿，趁今日上元佳節，請院主開了塔門，讓弟子了此愿心。衆僧隨開了門，沙僧取了袈裟，隨從唐僧，到了一層，就披了袈裟，拜佛禱祝畢，即將笤箒掃了一層，卸了袈裟，付與沙僧，又掃二層，一層層直掃上絕頂，那塔上層層有佛，處處開窗，掃一層，賞玩讚美一層，掃畢下來，天色已晚、又都點上燈火、此夜正是十五元宵、衆僧道、老師父我們前晚、只在荒山與關廂看燈、今晚正節、進城看看金燈如何、唐僧忻然從之、同行者三人、及衆僧進城看燈、正是

那

三五良宵節、上元春色和、花燈懸鬧市、齊唱太平歌、又見那六街三市燈亮、半空一鑑初升、那月如馮夷推上爛銀盤這燈似仙女織成鋪地錦、燈映月增一倍光輝月照燈、添十分燦爛觀不盡鐵鎖星橋看不了燈花火樹、雪花燈、梅花燈、春冰剪碎、繡屏燈畫屏燈五彩攢成核桃燈、荷花燈燈樓高掛、青獅燈、白象燈、燈架高檠、蝦

兒燈，鰲兒燈，棚前高弄，羊兒燈，兎兒燈，簷下精神，鷹兒燈，鳳兒燈，相連相併，虎兒燈，馬兒燈，同走同行，仙鶴燈，白鹿燈，壽星騎坐，金魚燈，長鯨燈，李白高乘，鰲山燈，神仙聚會，走馬燈，武將交鋒，萬千家燈火樓臺，十數里雲烟世界，那壁廂，索琅琅玉韂飛來，這壁廂，轂轆轆香車輦過，看那紅粧樓上，倚着欄，隔着簾，並着肩，携着手，雙雙美女貪歡，綠水橋邊，鬧吵吵，錦簇簇，醉醺醺，笑呵呵，對對遊人戲綵，滿城中簫鼓諠譁，徹夜裡笙歌不斷，

有詩為証，

錦繡場中唱彩蓮，太平境內簇人烟，燈明月皎元宵夜，

雨順風調大有年。

此時正是金吾不禁。亂烘烘的無數人煙。有那跳舞的躧蹺的。粧鬼的騎象的。東一攢。西一簇。看之不盡。却才到金燈橋上。唐僧與衆僧近前看處。原來是三盞金燈。那燈有缸來大。上照着玲瓏剔透的。兩層樓閣。都是細金絲兒編成。內托着琉璃薄片。其光幌月。其油噴香。唐僧回問衆僧道。此燈是甚油。怎麼這等異香撲鼻。衆僧道。老師不知。我這府後有一縣。名喚旻天縣。縣有二百四十里。每年審造差徭。共有二百四十家燈油大戶。府縣的各項差徭猶可。惟有此大戶。甚是吃累。每家當一年。要使二百多兩銀子。

此油不是尋常之油。乃是酥合香油。這油每一兩值價銀
二兩。每一斤值三十二兩銀子。三盞燈每缸要五百斤。三
缸共一千五百斤。共該銀四萬八千兩。還有雜項繳纏使
用。將有五萬餘兩。只點得三夜。行者道。這許多油。三夜何
以就點得盡。衆僧道。這缸內每缸有四十九個大燈馬。都
是燈草扎的把。裹了絲綿。有雞子粗細。只點過今夜。見佛
爺現了身。明夜油也沒了。燈就昏了。八戒在傍笑道。想是
佛爺連油都收去了。衆僧道。正是此說。滿城內人家。自古
及今。皆是這等傳說。但油乾了。人俱說是佛祖收了燈。自
然五谷豐登。若有一年不乾。却就年程荒旱。風雨不調。所

以人家都要這供獻正說處只聽得半空中呼呼風响諕
得些看燈的人盡皆四散那些和尚也立不住脚道老師
父回去罷風來了是佛爺降祥到此看燈也唐僧道怎見
得是佛來看燈衆僧道年年如此不尚三更就有風來知
道是諸佛降祥所以人皆迴避唐僧道我弟子原是思佛
念佛拜佛的人今逢佳景果有諸佛降臨就此拜拜多少
是好衆僧連請不回少時風中果現出三位佛身近燈來
了慌得那唐僧跑上橋頂倒身下拜行者急忙扯起道師
父不是好人必定是妖邪也說不了見燈光昏暗呼的一
聲把唐僧抱起駕風而去噫不知是那山那洞眞妖怪積

年假佛看金燈。謊得那八戒兩邊尋找沙僧左右招呼。行者叫道兄弟。不須在此叫喚。師父樂極生悲已被妖精攝去了。那幾個和尚害怕道爺爺怎見得是妖精攝去。行者笑道。原來你這夥凡人。累年不識。故被妖邪惑了。只說是真佛降祥。受此燈供。剛才風到處現佛身者。就是三個妖精。我師父亦不能識。上橋頂就拜。却被他侮暗燈光。將器皿盛了油。連我師父都攝去。我畧走遲了些兒。所以他三個化風而遁。沙僧道。師兄這般。却如之何。行者道不必遲疑。你兩個同衆回寺。看守馬匹行李等老孫趁此風。追赶去也。好大聖。急縱觔斗雲。起在半空聞着那腥風之氣往東北上徑赶，赶至天曉，倏爾風息，又有一座大山，十分險峻。着實嵯峨好山！

重重丘壑，曲曲源泉，藤蘿懸削壁，松栢挺虛巖，鶴鳴晨霧裏，鴈淚曉雲間，義義矗矗峯排戟，突突磷磷石砌盤。頂巔高萬仞，峻嶺疊千灣，野花佳木知春發，杜宇黃鶯應景妍。能巍奕，實巉巖，古怪崎嶇險又艱。停玩多時人不識，只聽虎豹有聲鼾，香獐白鹿隨來往，玉兎青狼去復還。深澗水流千萬里，回湍激石響潺潺。

大聖在山崖上，正自找尋路徑，只見四個人，赶着三隻羊從西坡下，齊吆喝開泰。大聖閃火眼金睛，仔細觀看，認得

是年月日時四值功曹使者隱像化形而來大聖即掣出
鐵棒幌一幌碗來粗細有丈二長短跳下崖來喝道你都
藏頭縮頸的那里走四值功曹見他說出風息慌得喝散
三羊現了本相閃下路傍施禮道大聖恕罪恕罪行者道
一向也不曾用着你們你們見老孫寬慢都一個個弄
懈怠了見也不來見我一見是怎麼說你們不在暗中保
祐吾師都往那里去功曹道你師父寬了禪性在於金平
府慈雲寺貪歡所以太極生否樂盛生悲今被妖邪捕獲
他身邊有護法伽藍保着哩吾等知大聖連夜追尋恐大
聖不識山林特來傳報行者道你既傳報怎麼隱姓埋名

赶着三個羊兒吆吆喝喝作甚功曹道設此三羊以應開
泰之言喚做三陽開泰破解你師之否塞也行者恨恨的
要打見有此意却就免之收了棒回嗔作喜道這座山可
真正該打
是妖精之處功曹道正是正是此山名青龍山內有洞名
玄英洞洞中有三個妖精大的個名辟寒大王第二個號
辟暑大王第三個號辟塵大王這妖精在此有千年了他
自幼兒愛食酥合香油當年成精到此假粧佛像供養金
平府官員人等設立金燈燈油用酥合香油他年年到正
月半變佛像收油今年見你師父他認得是聖僧之身連
你師父都攝在洞內不日要割剮你師之肉使酥合香油

煎吃哩你快用工夫救援去也行者聞言喝退四功曹轉過山崖找尋洞府行未數里只見那澗邊有一石崖崖下是座石屋屋有兩扇石門半開半掩門傍立有石碣上有六字却是青龍山玄英洞行者不敢擅入立定步叫聲妖怪快送我師父出來那里唿喇一聲大開了門跑出一陣牛頭精鄧鄧呆呆的問道你是誰敢在這里呼喚行者道我本是東土大唐取經的聖僧唐三藏之大徒弟路過金平府觀燈我師被你家魔頭攝來快早送還免汝等性命如或不然掀翻你窩巢教你羣精都化爲膿血那些小妖聽言急入內邊報道大王禍來了禍來了三個老妖正把

唐僧拿在那洞中深遠處那里一問甚麼青紅皂白教小妖先剝了衣裳汲澗中清水洗淨筭計要細切細剉着酥合香油煎吃忽聞得報聲禍事老大着驚問是何故小妖道大門前有一個毛臉雷公嘴的和尚嚷道大王攝了他師父來教快送出去免吾等性命不然就要掀翻窩巢教我們都化爲膿血哩那老妖聽說個個心驚道才拿了這厮還不曾問他個姓名來歷小的們且把衣服與他穿了帶過來審他一審端是何人何事而來也衆妖一擁上前把唐僧解了索穿了衣服推至座前諕得唐僧戰戰兢兢跪在下面只叫大王饒命饒命三個妖精異口同聲道你是

那方來的和尚怎麽見佛像不跪。却衝撞我的雲路唐僧磕頭道貧僧是東土大唐駕下差來的前往天竺國。大雷音寺拜佛祖取經的。因到金平府慈雲寺。打齋蒙那寺僧留過元宵看燈正在金燈橋上。見大王顯現佛像。貧僧乃肉眼凡胎。見佛就拜。故此冲撞大王雲路。那妖精道你那東土到此。路程甚遠。一行共有幾衆。都叫甚名字。快實實供來。我饒你性命。唐僧道。貧僧俗名陳玄奘。自幼在金山寺爲僧。後蒙唐皇。敕賜在長安洪福寺爲僧官。又因魏徵丞相夢斬涇河老龍。唐皇遊地府。回生陽世開設水陸大會超度陰魂蒙唐王又選賜貧僧爲壇主大闡都綱。幸觀世音菩薩出現指化貧僧說西天大雷音寺有三藏真經可以超度亡者昇天差貧僧來取因賜號三藏即倚唐爲姓所以人都呼我爲唐三藏我有三個徒弟第一個姓孫名悟空行者乃齊天大聖歸正羣妖聞得此名着了一驚道這個齊天大聖可是五百年前大鬧天宮的唐僧道正是正是第二個姓豬名悟能八戒乃天蓬大元帥轉世第三個姓沙名悟淨和尚乃捲簾大將臨凡三個妖王聽說個個心驚道早是不曾吃他小的們且把唐僧將鐵鏈鎖在後面待拿他三個徒弟來湊吃遂點了一羣山牛精水牛精黃牛精各持兵器走出門掌了號頭搖旗擂鼓三個

妖，披掛整齊，都到門外喝道，是誰人敢在我這里吆喝行者閃在石崖上，仔細觀看，那妖精生得，

彩面環睛，二角崢嶸，尖尖四隻耳，靈竅閃光明，一體花紋如彩畫，滿身錦綉若蜚英，第一個，頭頂狐裘花帽煖一臉昂毛熱氣騰，第二個，身掛輕紗飛烈燄，四蹄花瑩玉玲玲，第三個，威雄聲吼如雷振，獠牙尖利賽金燈，個個勇而猛，手持三樣兵，一個使鉞斧，一個大刀能，但看第三個，肩上橫擔扢撻籐

又見那七長八短，七肥八瘦的，大大小小的妖精，都是牛頭鬼怪，各執鎗棒，有三面大旗，旗上明明書着辟寒大王

辟暑大王、辟塵大王、孫行者看了一會、忍耐不得、上前高叫道、潑賊怪、認得老孫麼、那妖喝道、你是那鬧天宮的孫悟空、真個是聞名、不曾見面、見面羞殺天神、你原來是這等個猢猻、兒敢說大話、行者大怒罵道、我把你這個偷燈油的賊、油嘴妖怪、不要胡談、快還我師父來、赶近前、輪鐵棒就打、那三個老妖、舉三般兵器、急架相迎、這一場在山凹中好殺、

鉞斧鋼刀扢撻籐、猴王一棒敢相迎、辟寒辟暑辟塵怪、認得齊天大聖名、棒起致令神鬼怕、斧來刀砍亂飛騰、好一個混元有法真空像、抵住三妖假佛形、那三個偷

油潤身今年犯。務捉欽差駕下僧這個因師不懼山程遠。那個爲嘴常年設獻燈。乒乓只聽刀斧响。劈朴惟聞棒有聲。衝衝撞撞三攢一。架架遮遮名顯能。一朝鬬至天將晚不知那個虧輸那個羸。

孫行者一條棒與那三個妖魔鬬經百五十合天色將晚勝負未分只見那辟塵大王把扢撻藤閃一閃跳過陣前將旗搖了一搖那夥牛頭怪簇擁上前把行者圍在垓心各輪兵器亂打將來。行者見事不諧唿喇的縱起觔斗雲敗陣而走。那妖更不來赶招回羣妖安排些晚食衆各吃子也叫小妖送一碗與唐僧只待拿住孫行者筞才要整

洽那師父一則長齋二則愁苦哭啼啼的未敢沾唇不題
却說行者駕雲回至慈雲寺內叫聲師弟那八戒沙僧正
自盼望商量聽得叫時一齊出接道哥哥如何去這一日
方回端的師父下落何如行者笑道昨夜聞風而趕至天
曉到一山不見幸四值功曹傳信道那山叫做青龍山山
中有一玄英洞洞中有三個妖精喚做辟寒大王辟暑大
王辟塵大王原來積年在此偷油假變佛像哄了金平府
官員人等今年遇見我們他不知好歹反連師父都攝去
老孫審得此情分付公曹等衆暗中保護師父我尋近門
前叫罵那三怪齊出都像牛頭鬼形第一個使鉞斧第二

個使大刀，第三個使籐棍，後引一窩子牛頭鬼怪，搖旗擂鼓，與老孫鬪了一日，殺個手平，那妖王搖動旗小妖都來，我見天晚，恐不能取勝，所以駕觔斗回來也。八戒道，那里想是酆都城鬼王弄喧。沙僧道，你怎麼就猜道是酆都城鬼王弄喧。八戒笑道，哥哥說是牛頭鬼怪，故知之耳。行者道，不是不是，若論老孫看那怪，是三隻犀牛成的精。八戒道，若是犀牛，且拿住他，鋸下角來，倒值好幾兩銀子哩。正說處，衆僧道，孫老爺可吃晚齋。行者道，方便吃些兒，不吃也罷。衆僧道，老爺征戰這一日，豈不饑了。行者笑道，這日把兒那里便得饑，老孫曾五百年不吃飲食哩。衆僧不知是實只以爲說笑須臾拿來行者也吃了道且收拾睡覺待明日我等都去相持拿住妖王庶可救師父也沙僧在傍道哥哥說那里話常言道停留長智那妖精倘或今晚不睡把師父害了却如之何不若如今就去嚷得他措手不及方才好救師父少遲恐有失也八戒聞言抖擻神威道沙兄弟說得是我們都趁此月光去降魔耶行者依言即分付寺僧看守行李馬匹待我等把妖精捉來對本府刺史証其假佛免却燈油以蘇黎縣小民之困却不是好衆僧領諾稱謝不已他三個遂縱起祥雲出城而去正是那

懶散無拘禪性亂　災危有分道心蒙

畢竟不知此去勝敗何如且聽下回分解

總批

篇中寬了禪性所以生不成悲一語大足爲學人警策〇描畫放燈處亦可觀

第九十二回

三僧大戰青龍山　四星挾捉犀牛怪

却說孫大聖挾同二弟滚着風駕着雲向東北艮地上頃刻至青龍山玄英洞口按落雲頭八戒就欲築門行者道且消停待我進去看看師父生死如何再好與他爭持沙僧道這門閉緊如何得進行者道我自有法力好大聖收了棒捻着訣念聲咒語叫變即變做個火焰虫兒真個也疾伶你看他

展翅星流光燦古云腐草為螢神通變化不非輕自有徘徊走

張飛近石門一看傍邊瑕縫穿風將身一縱到

幽庭、打探妖魔動靜、

他自飛入洞，見幾隻牛橫欹直倒、一箇箇呼吼如雷、盡皆睡熟。又至中廳裏[illegible]、全無消息，四下門戶通關，不知那三箇妖精睡在何處。纔轉過廳房、向後又照，只聞得啼泣之聲、乃是唐僧鎖在後房簷柱上哭哩。行者暗暗聽他哭甚，只見他哭道

一別長安十數年、登山涉水苦熬煎。幸來西域逢佳節、喜到金平過上元。不識燈中假佛像、皆因命裡有災愆。賢徒追襲施威武、但願英雄展大權。

行者聞言滿心歡喜、展開翅飛近師前。唐僧揩淚道、呀、西

方景象不同此時正月蟄虫始振爲何就有螢飛行者忍
不住叫聲師父我來了唐僧喜道悟空我說正月間怎得
螢火原來是你行者即現了本相道師父可爲你不識真
假悞了多少路程費了多少心力我一行說不是好人你
就下跪却被這怪侮暗燈光盜取酥合香油連你都攝將
來了我當分付八戒沙僧回寺看守我即聞風追至此間
不識地名幸遇四直功曹傳報說此山名青龍山玄英洞
我日間與此怪鬬至天晚方回與師弟輩細道此情却就
不曾睡同他兩個來此我恐夜深不便交戰又不知師父
下落所以變化進來打聽打聽唐僧喜道八戒沙僧如今

在外邊哩行者道在外邊方纔小妖叫時妖精都睡著我且解了鎖撒開門帶你出去罷唐僧點頭稱謝行者使個解鎖法用手一抹那鎖早自開了領著師父往前正走忽聽得妖王在正中廳內房裏叫道小的們緊閉門戶小心火燭這會怎麼不叫更巡邏梆鈴都不響了原來那夥小妖征戰一日辛辛苦苦睡著聽見叫喚那纔醒了梆鈴響處有幾個執器械的敲著鑼從後面走可可的撞著他師徒兩個衆小妖一齊喊道好和尚阿扭開鎖往那裏去行者不容分說掣出棒幌一幌碗來粗細就打棒起處打死兩個其餘的丢了器械近中廳打著門叫大王不好了不

好了毛臉和尚在家裏打殺人了那三怪聽見一轂轆爬將起來只叫拿住拿住諕得個唐僧手軟腳軟行者也不顧師父一路棒滚向前來衆小妖架遮不住被他放倒三兩個推倒兩三個打開幾層門逕自出來叫道兄弟們何在八戒沙僧正舉著鈀杖等待道哥哥如何了行者將變化入裡解放師父正走被妖驚覺顧不得師父打出來的事講說一遍不題那妖王把唐僧捉住依然使鐵索鎖了執著刀輪著斧燈火齊明問道你這厮怎樣開鎖那猴子如何得進快早供來饒你之命不然就一刀兩段慌得那唐僧戰戰兢兢的跪道大王爺爺我徒弟孫悟空他會七

十二般變化纔變個火焰虫兒飛進來救我不期大王知覺被小大王等撞見是我徒弟不知好歹打傷兩個衆皆喊叫舉兵著火他遂顧不得我走出去了三個妖王呵呵大笑道早是驚覺未曾走了叫小的們把前後門緊緊關閉亦不諠譁沙僧道閉門不諠譁想是暗弄我師父我們動手耶行者道說得是快早打門那獸子賣弄神通舉鈀儘力築去把那石門築得粉碎却又厲聲喊罵道偷油的賊恠快送吾師出來也諕得那門內小妖滚將進去報道大王不好了不好了前門被和尚打破了三個妖王十分煩惱道這廝著實無禮即命取披掛結束了各持兵器帥

小妖出門迎敵，此時約有三更時候，半天中月明如晝。走出來，更不打話，便就輪兵。這裡行者低住鉞斧，八戒敵住大刀，沙僧迎住大棍。這場好殺：

僧三衆棍杖鈀，三個妖魔膽氣加。鉞斧鋼刀藤紇繨，只聞風响并塵沙。初交幾合噴愁霧，次後飛騰散彩霞。釘鈀解數隨身抜，鐵棒英豪更可誇。降妖寶杖人間少，妖恠頑心不讓他。鐵斧口明尖鐏利，藤條節懞一身花。大刀幌亮如門扇，和尚神通偏賽他。這壁廂因師性命發狠打，那壁廂不放唐僧勞嶮掍。斧剗捧迎爭勝負，鈀輪刀砍兩交搽。紇繨藤條降恠杖，翻翻復復趂豪華。

三僧三怪賭鬬多時不見輸贏那辟寒大王喊一聲叫小的們上來衆精各執兵刃齊來早把個八戒絆倒在地被幾個水牛精揪揪扯扯拖入洞裡捆了沙僧見沒了八戒又見那羣牛發喊嚨聲即掣寶杖望辟塵大王虛丟了架子要走又被羣精一擁而來拉一個躘踵急掙不起也被提去捆了行者覺道難爲縱觔斗雲脫身而去當時把八戒沙僧拖至唐僧前唐僧見了滿眼垂淚道可憐你二人也遭了毒手悟空何在沙僧道師兄見捉住我們他就走了唐僧道他既走了必然那里去求救但我等不知何日方得脫網師徒們悽悽慘慘不題却說行者駕觔斗雲復

至慈雲寺寺僧接著來問唐老爺救得否行者道難救難救那妖精神通廣大我弟兄三人與他三人鬬了多時被他呼小妖先捉了八戒後捉了沙僧老孫幸走脫了衆僧害怕道爺爺這般會騰雲駕霧還捉獲不得想老師父被傾害也行者道不妨不妨我師父自有伽藍揭諦丁甲等神暗中護佑却也曾吃過草還丹料不傷命只是那妖精有本事汝等可看好馬匹行李等老孫上天去求救兵來衆僧膽怯道爺爺又能上天行者笑道天宮原是我的舊家當年我做齊天大聖因爲亂了蟠桃會被我佛收降如今沒奈何保唐僧取經將功折罪一路上輔正除邪我師

父該有此難。汝等却不知也。衆僧聽此言。又磕頭禮拜。行者出得門。打個唿哨。卽時不見。好大聖。早至西天門外。忽見太白金星。與增長天王。殷朱陶許四大靈官講話。他見行者來。都慌忙施禮道。大聖那里去。行者道。因保唐僧行至天竺國東界。金平府旻天縣。我師被本縣慈雲寺僧留賞元宵。北至金燈橋。有金燈三盞。點燈用酥合香油。價貴白金五萬餘兩。年年有諸佛降祥受用。正看時。果有三尊佛像降臨。我師不識好歹。上橋就拜。我說不是好人。早被他侮暗燈光。連油并我師。一風攝去。我隨風追襲。至天曉到一山。幸四功曹報道。那山名青龍山。山有玄英洞。洞有三怪名辟寒大王辟暑大王辟塵大王老孫急上門尋討與他賭鬭一陣未勝是我變化入裡見師父鎖住未傷隨解了欲出又被他知覺我遂走了後又同八戒沙僧苦戰復被他將二人也捉去綑了老孫因此特啟玉帝查他來歷請命將降之金星呵呵大笑道大聖既與妖怪相持豈看不出他的出處行者道認便認得是一般牛精只是他大有神通急不能降也金星道那是三個犀牛之精他因有天文之象累年修悟成真亦能飛雲步霧犀性極愛乾淨常嫌自己影身每欲下水洗浴他的名色也多有兕犀有雄犀有牯犀有斑犀又有胡冒犀墮羅犀通天花文犀

如今世上牛精神

通一味慳吝

都是一孔三毛二角行於江海之中能開水道似那辟寒
辟暑辟塵都是角有貴氣故以此爲名而稱大王也若要
拿他只是四木禽星見面就伏行者連忙唱喏問道是那
四木禽星煩長庚老爲一明示明示金星笑道此星在斗
牛宮外羅佈乾坤你去奏聞玉帝便見分明行者拱拱手
稱謝徑入天門裡去不一時到于通明殿下先見葛丘張
許四大天師天師問道何往行者道近行至金平府地方
因我師寬放禪性元夜觀燈遇妖魔攝去老孫不能救降
特來奏聞玉帝求救四天師即領行者至靈霄寶殿啓奏
各各禮畢備言其事玉帝傳旨教點那路天兵相助行者

奏道老孫纔到西天門遇長庚星謂那怪是犀牛成精惟
四木禽星可以降伏玉帝即差許天師同行者去斗牛宮
點四木禽星下界收降及至宮外早有二十八宿星辰來
接天師道吾奉聖旨教點四木禽星與孫大聖下界降妖
傍即閃過角木蛟斗木獬奎木狼井木犴應聲呼道孫大
聖點我等何處降妖行者笑道原來是你這長庚老兒却
隱瞞我不解其意早說是二十八宿中的四木老孫徑來
相請又何必煩勞旨意四木道大聖說那里話我等不奉
旨意誰敢擅離端的是那方快早去來行者道在金平府
東北艮地青龍山玄英洞犀牛成精斗木獬奎木狼角木

蛟道若果是犀牛成精不須我們只消井星去罷他能上山吃虎下海擒犀行者道那犀不比望月之犀乃是修行得道都有千年之壽者須得四位同去纔好切勿推調倘一時一位拿他不住却不又費事了天師道你們說的是甚話旨意著你四人豈可不去趂早飛行我回去也那天師遂別行者而去四木道大聖不必遲疑你先去索戰引他出來我們隨後動手行者即近前罵道偷油的賊怪還我師來原是八戒夜間築破的幾個小妖丟了幾塊扳兒擋住在裡邊聽得罵詈急跑進報道大王孫和尚在外罵哩辟塵兒道他敗陣去了這一日怎麼又來了想是那

里求些救兵來了。辟寒辟暑道。怕他甚麼救兵。快取披掛來。小的們。都要用心圍遶。休放他走了。那夥精不知死活。一個個各執鎗刀。搖旗擂鼓。趕出洞來。對行者喝道。你個不怕打的猢猻兒。你又來了。行者最惱得是這猢猻二字。咬牙發狠。舉鐵棒就打。三個妖王。調小妖跑個圈子陣。把行者圍在垓心。那壁廂四木禽星。一個個各輪兵刃道。孽畜休動手。那三個妖王。看見四星。自然害怕。俱道。不好了。不好了。他尋將降手兒來了。小的們。各顧性命走耶。只聽得呼呼吼吼。喘喘呵呵。衆小妖都現了本相。原來是那山牛精。水牛精。黃牛精。滿山亂跑。那三個妖王。也現了本相

放下手來還是四隻蹄子就如鐵砲一般徑往東北上跑
這大聖帥井木犴角木蛟緊追急趕略不放鬆惟有斗木
獬奎木狼在東山凹裡山頭上山澗中山谷內把些牛精
打死的活捉的盡皆收淨却向玄英洞裡解了唐僧八戒
沙僧沙僧認得是二星隨同拜謝因問二位如何到此相
救二星道吾等是孫大聖奏玉帝請旨調來收怪救你也
唐僧又滴淚道我悟空徒弟怎麼不見進來二星道那三
個老怪是三隻犀牛他見吾等各各顧命向東北艮方逃
遁孫大聖帥井木犴角木蛟追趕去了我二星掃蕩羣妖
到此特來解放聖僧唐僧復又頓首拜謝朝天又拜八戒

攙起道師父禮多必詐不須只管拜了四星官一則是玉帝聖旨二則是師兄人情今既掃蕩羣妖還不知老妖如何降伏我們且收拾些細軟東西出來搗毀此洞以絕其根回寺等候師兄罷奎木狼道天蓬元帥說得有理你與捲簾大將保護你師回寺安歇待吾等還去艮方迎敵八戒道正是正是你二位還協同一捉必須剿盡方好回旨二星官即時追襲八戒與沙僧將他洞內細軟寶貝有許多珊瑚瑪瑙珍珠琥珀琿璖寶貝美玉良金搜出一石搬在外面請師父到山崖上坐了他又進去放起火來把一座洞燒成灰燼却纔領唐僧找路回金平慈雲寺去正是

經云太極還生否好處逢凶實有之愛賞花燈禪性亂喜遊美景道心漓大丹自古宜長守一失原來到底虧緊閑牢拴休曠蕩須臾懈怠見參差

且不言他三衆得命回寺却表斗木獬奎木狼二星官駕雲直向東北艮方趕妖精來二人在那半空中尋看不見只到西洋大海遠望見孫大聖在海上吆喝他兩個按落雲頭道大聖妖精那里去了行者恨道你兩個怎麼不來追降這會子却冒冒失失的問甚斗木獬道我見大聖與井角二星戰敗妖魔追趕料必擒拿我二人却就打蕩羣精入玄英洞救出你師父師弟搜了山燒了洞把你師父

付托與你二弟領回府城慈雲寺多時不見車駕回轉故又追尋到此也行者聞言方纔喜謝道如此却是有功多累多累但那三個妖魔被我赶到此間他就鑽下海去當有井角二星緊緊追拿教老孫在岸邊抵擋你兩個既來且在岸邊把截等老孫也再去去好大聖輪著棒捻著訣辟開水逕直入波濤深處只見那三個妖魔在水底下與井木犴角木蛟捨死忘生苦鬬哩他跳近前喊道老孫來也那妖精抵住二星官措手不及正在危難之處忽聽得行者吆喊顧殘生撥轉頭往海心裡飛跑原來這怪頭上角極能分水只聞得花花花沖開明路這後邊二星官並

孫大聖并力追之却説西海中有個探海的夜叉巡海的介士遠見犀牛分開水勢又認得孫大聖與二天星即赴水晶宮對龍王慌慌張張報道大王有三隻犀牛被齊天大聖和二位天星赶來也老龍王敖順聽言即喚太子摩昂快點水兵想是犀牛精辟寒辟暑辟塵兒三個惹了孫行者今既至海快快拔刀相助敖摩昂得令即忙點兵頃刻間龜鼈黿鼉鯾白鱖鯉與鰕兵蟹卒等各執鎗刀一齊吶喊騰出水晶宮抵擋住犀牛精犀牛精不能前進急退後又有井角二星并大聖攔阻慌得他失了群各各逃生四散奔走早把個辟塵兒被老龍王領兵圍住孫大聖見

了。心歡。叫道消停消停。捉活的不要死的。摩昂聽令。一擁上前。將辟塵兒扳翻在地。用鐵鉤子。穿了鼻。攢蹄綑倒。老龍王又傳號令。教分兵趕那兩個。挾助二星官擒拿。那時小龍王。帥眾前來。只見井木犴。現原身按住辟寒兒。大口小口的啃着吃哩。摩昂高叫道。井宿井宿。莫咬死他。孫大聖要活的。不要死的哩。連喊是喊。已是被他把頸項咬斷了。摩昂分付蝦兵蟹卒。將個死犀牛。擡轉水晶宮。却又與井木犴向前追趕。只見角木蛟。把那辟暑兒。倒趕回來。只撞著井宿摩昂帥。龜鼈黿鼉撒開簸箕陣。圍住。那怪只教饒命饒命。井木犴走近前。一把揪住耳躲。奪了他的刀。叫

道不殺你。不殺你。拿與孫大聖發落去來。即當倒干戈。復
至水晶宮外報道。都捉來也。行者見一個斷了頭。血淋淋
的倒在地下。一個被井木犴拖著耳躲。推跪在地。近前仔
細看了道。這頭不是兵刃傷的。呵。摩昂笑道。不是我喊得
緊。連身子都著井星官吃了。行者道。既是如此。也罷。取鋸
子來。鋸下他的這兩隻角。剝了皮帶去。犀牛肉還留與龍
王賢父子享之。又把辟塵兒穿了鼻。教角木蛟牽著。辟暑
兒也穿了鼻。教井木犴牽著。帶他上金平府見那刺史官。
明究其由。問他個積年假佛害民。然後的決。衆等遵言。辭
龍王父子。都出西海。牽著犀牛。會著奎斗二星。駕雲霧徑

轉金平府。行者足踏祥雲。半空中叫道。金平府刺史各佐貳郎官。併府城內外軍民人等聽著。吾乃東土大唐。差往西天取經的聖僧。你這府縣。每年家供獻金燈。假充諸佛降祥者。即此犀牛之怪。我等過此。因元夜觀燈。見這怪將燈油并我師父攝去。是我請天神收伏。今已掃清山洞。剿盡妖魔。不得為害。以後你府縣。再不可供獻金燈。勞民傷財也。那慈雲寺裏。八戒沙僧。方保唐僧進得山門。只聽見行者在半空言語。即便撇了師父。丟下担子。縱風雲起到空中道。那一隻被井星咬死。已鋸角剝皮在此。八戒道。這兩個索性推下此城。與官員人等看看。也認得我們是聖是神左右累四位星官收雲下地同到府堂將這怪的決已此情真罪當再有甚講四星道天蓬帥近來知理明律却好呀八戒道因做了這幾年和尚也畧學得些兒眾神果推落犀牛一簇彩雲降至府堂之上諕得這府縣官員城裡城外人等都家家設香案戶戶拜天神少時間慈雲寺僧把長老用轎擡進府門會著行者口中不離謝字道有勞上宿星官救出我等因不見賢徒懸懸在念今幸得勝而回然此怪不知赶向何方纔捕獲也行者道自前日別了尊師老孫上天查訪蒙太白金星識得妖魔是犀牛指示請四木禽星當時奏聞玉帝蒙旨差委直至洞口交

戰妖王走了又蒙斗奎二宿救出尊師老孫與井角二宿
併力追妖直赶到西洋大海又虧龍王父子帥兵相助所
以捕獲到此審究也長老讚揚稱謝不已又見那府縣正
官并佐二首領都在那裏高燒寶燭滿斗焚香朝上禮拜
少頃間八戒發起性來掣出戒刀將辟塵兒頭一刀砍下
又一刀把辟暑兒頭也砍下隨即取鋸子鋸下四隻角來
孫大聖更有主張就教四位星官將此四隻犀角拿上界
去進貢玉帝回繳聖旨把自己帶來的二隻留一隻在府
堂鎮庫以作向後免徵燈油之証我們帶一隻去獻靈山
佛祖四星心中大喜即時拜別大聖忽駕彩雲回奏而去

府縣官留住他師徒四衆、大排素宴、徧請鄉官陪奉。一壁廂出給告示、曉諭軍民人等、下年不許點設金燈、永蠲買油大戶之役、一壁廂叫屠子宰剝犀牛之皮、硝熟熏乾、製造鎧甲、把肉普給官員人等、又一壁廂動支枉罰無碍錢糧、買民間空地、起建四星降妖之廟、又爲唐僧四衆建立生祠、各各豎牌刻文、用傳千古、以爲報謝、師徒們索性寬懷欽愛、又被那二百四十家燈油大戶、這家酧那家請、略無虛刻、八戒遂心滿意受用、把洞裡搜來的寶貝、每樣各籠些須在袖、以爲各家齋筵之賞、住經個月、猶不得起身、長老分付悟空、將餘剩的寶物、盡送慈雲寺僧、以爲酧禮、

瞞著那些大戶人家。天不明走罷。恐只會貪樂悞了取經
惹佛祖見罪。又生災厄深爲不便行者隨將前件一一處
分。交旦五更早起喚八戒備馬那獃子吃了。自在酒飯壓
得夢夢乍道這早備馬怎的行者唱道師父教走路哩獃
子抹抹臉道又是這長老沒正經。二百四十家大戶都請
纔吃了有三十幾頓飽齋怎麼又美老豬忍餓長老聽言
罵道囊糟的夯貨莫胡說快早起來。再若強嘴教悟空拿
金箍棒打你。那獃子聽見說打慌了手腳道師父今番變
了。常時疼我愛我念我蠢夯。護我哥要打時。他又勸解今
日怎麼發很。轉教打麼。行者道師父惱你爲嘴悞了路程

著眼

快早收拾行李備馬。免打那馱子真個怕打跳起來穿了衣服。吆喝沙僧道快起來打將來了。沙僧也隨跳起各各收拾皆完長老搖手道寂寂悄悄的不要驚動寺僧連忙上馬開了山門找路而去這一去正所謂

暗放玉龍飛彩鳳　私開金鎖走蛟龍

畢竟不知天明時。酹謝之家端的如何且聽下回分解。

總評

四星挾捉三犀。不過是木魁土耳。無他奧義。讀者勿爲所混